きみが好きだった

Yuu Nagira
凪良ゆう

c o n t e n t s

カバー・口絵・本文イラスト／宝井理人

きみが好きだった

校門を出てすぐの桜並木。不規則に回転しながら降ってくる花びらの下を歩く中、ふいに視界の半分が白くぼやけ、高良晶太郎《たからしょうたろう》はまばたきをした。

前髪に桜の花びらが一枚ひっかかっている。立ち止まって払うと、視界はすぐにクリアに戻った。高良の名前の最初の文字である『晶』は水晶体の晶だ。将来患者さんに説教できなくなるから目は大事にしなさいと、幼いころから両親に言われて育った。

高良の家は祖父の代から続く古い眼科医院で、祖父が亡くなった今は父があとを継いでいる。晶太郎という古めかしい名前は祖父がつけた。

「おーい、高良」

振り返ると、桜吹雪《さくらふぶき》の向こうから自転車に乗った諏訪直已《すわなおみ》が見えた。母親同士が従姉妹《いとこ》で、高良と諏訪ははとこの関係になる。すごいスピードで下校中の生徒を器用によけ、諏訪は高良の手前で急ブレーキをかけて停まった。

「新しいゲーム借りたから、お前んち行っていい？」

「いいけど、本屋に寄りたい」

「じゃあ後ろ乗れよ」

「駅前行ったら降ろしてくれよな」

「わかってるって」

後ろのステップに立ち乗りすると、自転車はゆるやかに進み出す。進行方向から花びらが吹きつけてくる中、下校中の女子がチラッと自分たちに視線を投げていく。自分たち——正確には諏訪にだ。百八十センチ近い長身で、今風の顔立ちの諏訪はモテる。

顔の造作や身長だけなら高良もひけは取らないが、染めていない黒髪や工夫のない制服の着方が諏訪と並ぶと野暮ったく見えてしまう。他にも襟《えり》の開け方やシャツのたるませ具合など、微妙な違いが大きな差になるのが制服の残酷なところだ。

駅前の本屋で雑誌を買い、ふたりで高良の家に帰った。何年か前から急に開発が進んでにぎやかになった駅前一等地に、高良眼科医院はある。医院の手前の角で高良は自転車を降りた。自転車を押す諏訪と並んで歩いていくと、医院の前には午後診待ちの患者がもう何人かたまっておしゃべりをしていた。見慣れた光景だ。

「あら、晶ちゃん、おかえり」

「ずいぶん大きくなって。こないだまで三輪車乗ってたのに」

何年前の話だ。しかし笑顔で黙礼して通りすぎた。なにか一言でも返事をしたらとっ捕まるのはわかっているので、ここはにこやかに速やかに通りすぎるべし。

子供のころから、高良はあちこちで知らない人から声をかけられた。みな高良眼科医院の患者たちで、高良が知らなくても向こうは高良を知っている。大都市の病院勤務と違い、町医者の宿命だと家族はみんな品行方正を心がけて暮らしている。

「チャリで二ケツもできないなんて、医者の息子も大変だな」

「地元商売はみんなそうだと思うけど、医療関係は特に信用が命だから下手なことはできないな。ちょっとしたことでも、悪い噂《うわさ》は尾ひれつきで広まるし」

「めんどくせ」

一言で切り捨てられ、高良は笑った。駅前のにぎやかな通りを逸れると、すぐに静かな住宅街になる。駅から五分という立地にもかかわらず、裏に回ると昔からの住人が暮らす広い庭つきの一軒家が並ぶ。その中でもひときわ大きな一角、石垣と色鮮やかなドウダンツツジに囲まれた重厚な瓦《かわら》葺《ぶ》きの平屋が高良の家だ。

「晶太郎、おかえり。直己くんも」

庭で水まきをしていた母親が振り向いた。高良より先に諏訪がただいまと答える。

「直己くん、夕飯食べてくでしょう」

「うん、いつもごめん」

「身内同士で遠慮しないの。三人も四人も作る手間は変わらないんだから」

母親は笑顔で流した。去年から諏訪の両親の間には離婚話が持ち上がっている。家の中の空気がギスギスしているので、諏訪は自分の家に寄りつかない。友人の家を泊まり歩く時期が続いていたとき、高良は両親から諏訪に声をかけてくれと頼まれたのだ。

正直、どうだろうと思った。法事などでよく顔を合わせた子供のころと違い、成長するにつれ、真面目な高良と派手な諏訪は疎遠になっていった。同じ高校に進学しても、特に親しいつきあいはなかった。それでも一応声をかけると、諏訪は意外なほどすんなり高良を受けいれた。

——じゃあ、久しぶりにお前んち行こうかな？

人なつこい笑顔でそう言われ、高良はホッとした。それがきっかけで昔のように親しくするようになり、最近では一番仲のいい友人だ。

「おばさん、今夜の飯なに？」

「まだ決めてないのよ。直己くん、なにがいい？」

「生姜焼《しょうが》き。おばさんのやつは特別うまい。タレだけで飯食えるよ」

「本当？　じゃあそれにしようかな」

料理自慢の母親を喜ばせてから、諏訪はまるで我が家のように庭を横切り、奥の離れへ向かった。

祖父が書斎用にと作った和風の粋な建物だが、一昨年その祖父が亡くなり、高良が譲り受けたのだ。

「なあ、あとでもうひとりくるんだけど」

床に鞄《かばん》を投げだして諏訪が言う。高良は顔をしかめた。

「俺に断りなく呼ぶなよ。たまり場にされるのは嫌だって言ってるだろ」

キッパリとした物言いに、諏訪は大きな身体を縮めた。高良は一見真面目でおとなしそうだが意見はちゃんと言う。なあなあで甘えてくるのは諏訪の方だ。

「悪い。ちょっと高良に会わせたくて」

その言い方でピンときた。彼女かと問うと、諏訪はへへっと笑った。

「デートならよそでしろよ」

「冷たいこと言うなよ。俺とお前の仲だろ」

「俺とお前は友達だけど、お前の彼女は俺の友達じゃない」

「今日友達になればいいじゃん」

「なってもあとが続かないから嫌だ」

高良はあっさりと流し、制服を着替えた。モテる諏訪が彼女を切らしたことはないし、その顔が三ヶ月ごとに変わることには慣れっこになっている。

「いつから？」

「春休みのバイトで知りあって、そうなったのは先週かな」

「うちの学校？」

「そう、いっこ上」

三年か。メンクイの諏訪がつきあうのだから美人なんだろう。腰まで長いさらさらの髪が人気の天野《あまの》先輩か。ショートカットでスタイルのいい吉川《よしかわ》先輩。それとも弓道部の原《はら》先輩……あれ？　高良は首をひねった。諏訪が春休みにしていたバイトって建築現場の資材運びじゃなかったか。あんなバイトを女の人がするんだろうか。

まあいいか。どうせ三ヶ月の命だとあっさり流し、高良は鞄から教科書とノートを出した。幼いころからごく自然に将来は医者になると決めていた高良にとって、日々の予習復習は外から帰ってきたら手を洗いましょうというくらい当たり前のことだ。

「なあなあ、相手のことなんだけどさ」

諏訪が話しかけてくる。いつもなら高良の勉強の邪魔はしないのに、今日は「ちょっと聞けよ」としつこい。彼女が変わるなんて珍しくもないのに今回は浮かれてるなと思いつつ、「あとで」と高良はノートを開いた。授業中は聞くことだけに集中するせいで、ミミズが悶絶《もんぜつ》しているような字が並ぶ。それを解読して別のノートに清書していく。諏訪は冷てえなあと文句を言い、あきらめてゲームをはじめた。

「――あ、マヤちゃん？」

ふっと諏訪の声が耳に入って集中が途切れた。時計を見ると一時間ほど経っていた。伸びをして椅子《いす》を回す。諏訪はゲーム画面を止めて、携帯で話をしていた。

「そう。高良眼科を通りすぎてひとつめの十字路を右。塀が続いてて、そう、そこ」

彼女が近くまできているらしい。迷惑だがしかたない。今回だけだ。しかしマヤちゃんなんて名前の目立つ三年女子はいただろうか。考えていると、庭からパラパラと軽い原チャリの音がした。

諏訪が立ちあがり、離れの窓を開ける。

「マヤちゃーん、こっち」

大きな声で諏訪が手を振る。「おう」と返ってきた声に、高良はえっと窓を見た。今のはどう聞いても男の声だった。彼女じゃなくて友達なのかと首をかしげていると、離れの戸が引かれる音がした。おじゃましますとぼそっと聞こえた声。やっぱり男だ。

「よ」

という一言だけで現れたのは、三年の真山南《まやまみなみ》先輩だった。目元がすっぽりかくれるような長めの前髪。さらりとした茶色の毛先は傷みすぎて白っぽくなっている。真面目な生徒が多いうちの高校では、珍しく悪い感じで目立っている先輩だった。

「ここ、すぐわかった?」

「ん」

諏訪の問いにたった一言返し、真山先輩は偉そうに畳の床にあぐらをかいた。部屋に入ってから一度も高良の方を見ない。髪で目がかくれているので表情が読みづらく、高良はとりあえず個室用の小さな冷蔵庫からジュースを出した。

「あの、どうぞ」

ペットボトルごと渡すと、今初めて高良に気づいたように顔を上げる。前髪が流れて切れ上がった涼しい瞳がのぞく。射るようなきつい目つきに高良は緊張した。

「サンキュ」

にこりともしない。なまじ綺麗《きれい》な顔をしているので迫力がある。高良や諏訪と並ぶくらい身長は高いが、厚みがなくほっそりとしているので余計に鋭い印象を与える。

「ふたりとも、なに緊張してんだよ」

気まずい空気をものともせず、諏訪が真山先輩の肩をばんばん叩《たた》いた。

「マヤちゃん、こいつ俺の親戚の高良。高良晶太郎、二年ね」

真山先輩はうなずき、高良に視線を向けた。高良は「はじめまして」と慌てて頭を下げた。しかし返ってきたのは「ん」という一言のみ。仲良くなれる気配はあまり感じられない。友人を紹介するにしても相手を考えろよと内心で諏訪を罵《ののし》っていたときだ。

「で、高良、こっち俺のな」

諏訪が真山先輩の肩を抱き寄せた。

「え、俺の？　なに？」

高良はまばたきをした。諏訪がなんともいえない笑みを浮かべる。

「ナニっていうか、俺のなの」

全くわからない。高良は間抜け面でふたりを見た。

「だーかーらー、つきあってんの」

諏訪が照れ隠しみたいに大袈裟《おおげさ》な笑顔を作る。その諏訪に肩を抱かれたまま、真山先輩は相変わらずぶすっとしたまま、高良と視線を合わせない。

「……男、だろ?」

なにか考える前に、ぽろりと言葉がこぼれる。瞬間、真山先輩のあぐらがほどけ、ガシンと一発蹴られた。いきなりの衝撃に、高良は痛がるより先にフリーズした。

「男同士で、お前になんか迷惑かけたか」

ぼそっと低い声。般若《はんにゃ》みたいな顔ですごまれる。

「はーい、やめやめ、彼氏の身内にすごむの禁止」

諏訪が真山先輩を後ろから抱きかかえ、自分の方に引き寄せて小さな子供にするようにあぐらの上に乗せた。真山先輩はされるがままになっているが、眉間《みけん》に皺《しわ》を刻んだまま、捕獲された山猫みたいに高良をにらみつけている。

「てめえ、なにじろじろ見てんだ。そんなにホモが珍しいのか」

「み、見てません」

慌てて目を逸らしたが、いいや見てたとまたガシガシ蹴られる。口と同時に手が出るなんて高良の周りにはいないタイプで、テンポについていけない。防戦一方の中、「ブレイクブレイク」と諏訪が止めてくれたので、真山先輩は渋々足を引っこめてくれた。

「でさ、俺らまじでつきあってるから」

改めて諏訪が言う。そういうことは事前に教えてくれよと恨めしく思ったが、よく考えると、言おうとしていた諏訪を高良が無視したのだった。

「存在は前から知ってたけど、ちゃんと話したのは休み中のバイトが初めてでさ」

後ろから真山先輩を抱えたまま、諏訪がなれそめを話し出す。オッサンばかりの工事現場で同じ高校のふたりは自然と仲良くなり、ある日のバイトの帰り道、真山先輩の方から告白してきて——という箇所で高良は激しく引っかかった。

「真山先輩から？」

思わず問うと、ジロッと本人からにらまれ、高良は口を閉じた。しかし真山先輩がゲイであったということに驚くし、こんな怖そうな人が自分から告白なんて乙女なことをしたことにも驚く。ドッキリにでもはめられているような違和感がぬぐえない。

「かわいかったよなあ、あのときのマヤちゃん、顔真っ赤でさ」

諏訪は真山先輩の茶色の髪にキスをするように顔をうずめた。真山先輩の頬《ほお》にさっと赤味が差す。諏訪に抱かれたまま、じわじわと顔を赤くさせていく。

——あれ？

自分への暴力的な態度との振り幅に、高良は思わず目を奪われた。じっと見つめていると、ふと真山先輩と目が合った。しまった。また蹴られる。しかし高良が身構える前に、真山先輩の方が目を伏せた。赤い顔をかくすようにさっとうつむく。

「いくらなんでも男はねえだろって、最初は俺も引いたんだけど——」

諏訪は楽しそうに話を続けていて、自分の腕の中で恋人がどんなにかわいらしいことになっているのか気づいてない。真山先輩はもう耳まで真っ赤だ。

「けどマヤちゃん顔綺麗じゃん。夜とか外灯の下で見ると結構クラッとくんだよ。かわいいよなあって思ったら普通に俺からキスできちゃって――」

　真山先輩がいきなり立ちあがった。暴れるのかと思わず防御を固めたが、真っ赤な顔で高良を見おろし、「トイレ」とぼそっと呟《つぶや》いた。

「え？」

「トイレどこだ」

「あ、部屋出て右のドア、です」

　真山先輩はくるりと背中を向け、大股《おおまた》で部屋を出ていった。壁越しに伝わる気配を感じながら、今の照れたんだよな？　と考えていると諏訪がこそっとささやいてきた。

「びっくりした？」

「当たり前だ」

　高良もヒソヒソ声で答えた。

「お前、本気であの人とつきあってるのか？　冗談とかドッキリじゃなく？」

　諏訪はうーんと腕組みで宙を見た。

「とりあえず、今までの女と同じくらいには好きかな。キスしたとき、あ、これいけるって思ったら、口が勝手につきあおっかって言ってて、しまった俺やべーとか思ったけど今さら取り消せないし、ああ見えてもマヤちゃんすげえかわいいとこあるし」

　それはわかる。わかるけれど。ものすごい軽さと大雑把さに言葉が出てこない。恋愛方面にはゆるいやつだと知っていたが、まさかここまでとは思わなかった。

「つかさ、キスやセックスって大事だろ。それができなかったら、いくらかわいい女でも友達止ま

りじゃん。だから、そういうことができたら男でもいいと思わね?」

「思わねって……」

そんな簡単なものじゃないだろうと言いたくて、でも言えなかった。なぜなら、諏訪が言っていることは、以前に高良が考えて出した答えとほぼ同じだからだ。

自分は、女子よりも男子が好きかもしれない。

高良がそのことに気づいたのは中学のとき、水泳の授業中、水着姿の女子よりも男子に目が行くことが意識するきっかけだった。女の子が嫌いなわけじゃなかった。でもより惹かれるのは同性だった。女の子もかわいいなとは思えても、そこから先、キスしたい、それ以上のことをしたいという方向に発展しないのだ。

なのに、隣でノートを開く男友達にふいに胸がときめいたりしてしまう。そのときの罪悪感に似た感覚は、高良をひどく不安にさせた。群れからはじき出されたような孤独感も味わった。この先、自分はどこか波長の合わないラジオを聴くみたいな、クリアじゃない生き方しかできないんだろうか。そう思うと怖くなって、ばたんと蓋《ふた》を閉めるように考えることを止めてしまった。

以来、高良は恋や愛といったものを一歩離したところに置いてきた。遠い外国のパンフレットを眺めるみたいに、いつかは行ってみたい場所。でもそれは今じゃない。もっと大人になってからだ。でないと叶わない『今』がつらい。なのに——。

「オッパイないのが惜しいけど、身体とか女よりすべすべしてて気持ちいいぞ」

「すべすべ?」

思わず動揺する高良に、諏訪はニヒヒと笑った。

「マヤちゃん、俺が初めての男だってさ」

頭が真っ白になったとき、大きな音を立てて部屋のドアが開いた。諏訪はすぐに話をやめ、おかえりーと両手を差し出す。真山先輩は怖い顔で諏訪を見下ろした。

「今、なに話してた」

「俺がマヤちゃんのことすげえ好きだって話」

真山先輩の頬に、またさっと刷毛《はけ》ではいたような朱が差す。それをごまかすように「ばーか」と諏訪を足蹴にする。諏訪は笑いながら「ほら早く」と手を差し出す。真山先輩は怒った顔のまま、それでも聞き分けよく諏訪の隣に腰をおろした。

「もうマヤちゃん、すんげかわいい」

諏訪は真山先輩の肩を抱き、傷んだ茶髪にぐりぐり顔を押しつける。見ているこちらが恥ずかしくなるほどのラブラブぶりだが、実際、諏訪がどこまで本気かはわからない。諏訪は学校でも街中でもどこでも彼女にキスをするし、「かわいいだろ」「綺麗だろ」とのうのうと友人にのろけまくる。女の子たちはやめてよと恥ずかしがるけれど、内心では嬉《うれ》しがっているのが丸わかりで、そういうのがまたかわいいと諏訪は言う。

――けど、三ヶ月でポイなんだよな。

天性のタラシとは諏訪みたいなやつを言うのだ。昨日まで「綺麗」「かわいい」と王女さま扱いだった女の子は、いきなりお城を追いだされてぽかんとするばかりだ。もう一度お城に戻りたくても、王子さまの隣ではもう新しい王女さまが笑っている。教室の隅、廊下の端、中庭の一角で、みんなに囲まれて諏訪の元カノが泣いている。もしくは怒りをぶちまけている。三ヶ月ごとに繰り返される光景を、高良はぼんやりと思い出した。

――この人も、泣いたりするのかな。

ちらっと真山先輩を見た。ひっつき虫な諏訪を暑苦しいと押しのけているけれど、ほとんど力を込めていないのがわかる。高良にはすごむくせに、諏訪を見るときの真山先輩の目は炎天下のチョコレートみたいに甘くとろけている。

ふたりを見ていると、空を見上げては泣きそうになっていた中二のころの自分が馬鹿に思えてくる。ゲイだのバイだのストレートだのと小難しく悩んだりすることなく、甘いお菓子をぽんと手の平にのせてもらえる諏訪のようなやつもいる。

少し怖いけれど、こんな綺麗な彼氏がいるなんてうらやましい。しかも向こうから惚《ほ》れてくれたなんて。ああ、いいなあ。自分も恋がしたい。うらやましさが喉元《のどもと》までせり上がってくる。

「マヤちゃんは――」

思わず呟くと、ふたりがこちらを向いた。

「マヤちゃん？」

真山先輩が目を眇《すが》める。

「あ、すいません、マヤちゃん先輩」

「変わってねえんだよ」

どかっと蹴られたが、攻撃にも慣れてきたのでそのまま続けた。

「マヤちゃん先輩は、ずっと男が好きなんですか？」

一瞬沈黙が漂った。あれ？　やばいことを聞いたのかと焦った次の瞬間、諏訪がぶはっとふきだした。「お前すげえデリカシーないね」と笑われ、「お前に言われたくない」と返すと、真山先輩がどかっどかっと一発ずつ諏訪と高良を蹴った。

「お前ら、どっちも無神経なんだよ」

「す、すいません」

慌てて謝ったが、別に興味本位で聞いたわけではなく、返事によっては自分もカミングアウトできるかもと思ったのだ。しかしそのタイミングは逸らされてしまった。

「まあまあ、マヤちゃんもそんなすぐ怒らないの。ほら、ぎゅうってしてあげるから」

諏訪が真山先輩を抱きしめる。「うっせー離せ」「嬉しいくせに」ふたりはまたじゃれあいはじめ、それをぼうっと眺めるという間抜けをさらしていると、ぼそっと聞こえた。

「そうだよ」

えっと耳をそばだてた。間違いなく真山先輩の声で、でも真山先輩はこっちを見ていなくて、顔だけを赤く染めている。「そうだよ」という一言は、さっきの「マヤちゃん先輩はずっと男が好きなんですか?」という問いに対しての答えなのか。

ほんのり赤い、怒ったような真山先輩の横顔には、ぽんとお菓子をもらった子供の無邪気さは見当たらず、なんとなく、空を見上げて泣きたい気持ちになったことが、この人にもあるんじゃないかと思った。隣で真山先輩の首筋に顔を寄せて、ご機嫌な犬みたいにクンクン匂いをかいでいる諏訪には死んでもわからないと思うけど。

「マヤちゃん、今、なんか言った?」

諏訪が今ごろ真山先輩に問う。真山先輩は別にと答えない。諏訪がなんだよーと真山先輩の髪先をいじる。そのとき、耳たぶにちらりと光るものを見つけた。

――あ、ピアス。

金色の小さな粒は、よく見ないとわからない。諏訪の指先がそれに触れ、耳たぶごとちょいとつまむ。そこにピアスがあることを知っている自然な動き。耳たぶを挟むようにくすぐられて、真山先輩がぴくんと震える。それに気づいた諏訪は嬉しそうに笑い、「ここ、弱いよね?」と小声でささやいている。完全にふたりの世界だ。

いつもならアホらしくてさっさと勉強でもするところを、いちゃつくふたりを高良は馬鹿みたいに眺め続けた。だんだん、目の焦点がひとりに絞られていく。

傷んで白っぽくなった髪先、ほっそりとした首や肩のライン。薄っぺらな耳たぶにみっつ並んだ金の三連星。ボタンがふたつ外された襟元からのぞく鎖骨。

――綺麗だ。

胸の中に、誰にも言えない小さな秘密が生まれた。


四時間目が終わるチャイムが鳴り、喧噪が充満する教室から高良は早足で抜けだした。おかずとご飯がぎっしり詰まった二段弁当を持って階段を上がる。屋上に出るドアを開けると、びゅっと風が塊で向かってきて一瞬目をつぶった。

「おー、弁当来たかー」

真上からマヤちゃん先輩の声がする。振り返って見上げると、階段室の上に設置された給水塔の柵にもたれて、ぶらぶらと足を揺らしているマヤちゃん先輩がいた。五月の日差しは眩《まぶ》しく、風になびくマヤちゃん先輩の髪を金色に光らせている。

「俺イコール弁当？」

「違うの？」

マヤちゃん先輩は笑い、慣れた動作でハシゴ階段を下りてきた。手に漫画雑誌の入ったコンビニ袋を持っているので、四時間目をサボったのだろう。袋を高良に渡し、代わりに弁当を奪い取り、マヤちゃん先輩はいつものフェンス横に座って包みを広げた。

「お、唐揚げ」

ラッキーと呟いて、早速つまみ食いをする。そうしている間に階段室のドアが開いて、今度は諏訪が現れた。「今日の弁当なに？」と問う諏訪に、「唐揚げ。すげえうまいぞ」と高良より早くマヤちゃん先輩が答える。諏訪が腰を下ろし、弁当タイムがはじまった。

「高良のオカン、今日気合い入ってんな。飯が肉巻きおにぎりになってる」

ご飯用の弁当箱を開け、マヤちゃん先輩が目を輝かせる。

「おかずは唐揚げメインだし、なんかやたら肉々しいな」

諏訪がおにぎりにかぶりつき、高良は「あ」と呟いた。

「今日、五月二十九日だ」

少しの間のあと、肉の日かーと全員どばっとウケた。それから諏訪とマヤちゃん先輩が持ってくるデザート込みのコンビニ飯を全て広げ、三人で好き勝手に食べていく。

この一ヶ月ほどで、自分たちは急速に仲良くなった。男同士で『おつきあい』をしているとはさすがのゆるい諏訪も公言する気はないようで、高良を真ん中に挟むことが、周りの視線に対してちょうどいいクッションになっていると言われた。

友達を目隠しに利用するなと腹を立てる反面、三人でいるのは単純に楽しかった。最初こそマヤちゃん先輩は怖かったが、単に人見知りなだけで、一度心を許すと気のいい人だとわかった。今では毎日屋上で弁当を食べる仲だ。

「え、なんで？　今日は俺と約束してたじゃん」

諏訪はぶすっと口元をとがらせ、膨らませたコンビニのビニール袋を音を立ててつぶした。放課後のデートをキャンセルされ怒っているのだ。

「悪い。風邪引いたからバイト代わってくれって頼まれたんだよ」

マヤちゃん先輩は週の半分、放課後から閉店時間までホームセンターでバイトをしている。そしてもうひとつ、深夜から明け方までの交通誘導。こちらは仲のいい先輩の口利きで、高校生ということを隠して働かせてもらっているという。

「バイト終わってから会おうぜ。八時半には終わるから」

「それまで俺なにしてたらいいんだよ」

ぶつぶつ文句を言う諏訪の足を、高良は軽く蹴っ飛ばした。

「仕事なんだからしかたないだろ。ガキか」

「恋人いない高良にはわからない。会いたいもんは会いたいんだよ」

諏訪はふんと鼻を鳴らし、「早く会いてーよ」とマヤちゃん先輩のほっそりとした肩にぐりぐり頭をこすりつける。痛いとマヤちゃん先輩が笑う。最近わかったが、マヤちゃん先輩はクールな外見に反して恋人に甘い。もしくは諏訪が甘え上手なのか。

「つかさあ、マヤちゃん、そんな金稼いでどうすんの？」

諏訪が不満丸出しで問う。

「色々あんだよ。お前もほしいもんとかあるだろ」

「あるよ。服だろ、靴だろ、好きなバンドのアルバムほしいし、新しいゲームもほしい。カラオケとか飯とかツレと遊ぶ金もいるし、ホテル代も必要だし」

最後の言葉に、高良の気持ちはコトンと揺れた。

「しかたないか。じゃあマヤちゃんのバイト終わるまで高良んちで暇つぶしとく」

諏訪はあきらめたように溜息《ためいき》をついた。

「俺、今日塾だぞ」

「いいよ、勝手に入っとくし」

諏訪はあっさり言った。

「つうわけでマヤちゃん、高良んちで待ち合わせね」

「高良、駄目なら駄目って言えよ？」

マヤちゃん先輩がこちらをうかがうように見る。別にいいよと高良はうなずいた。諏訪は自分の家には帰りたがらないし、マヤちゃん先輩の家にはまだ保育園の妹や弟がいる。高校生なので毎日外でデートできるほど金もなく、結果ふたりはちょくちょく高良の離れをデートに使う。

自分がいない間にカップルに部屋を使われるなんて、普通なら絶対断るところだが、そこでナニかされるわけでもなし、ゲームをしたり音楽を聴いたりしているくらいなのでまあ許せる。

それに、そうすることでマヤちゃん先輩に感謝されるのが嬉しかった。友人の彼氏に密《ひそ》かにときめいているなんて若干の後ろめたさはあるけれど、別に本気の片想いでもないのだからと自分に言い訳をしている。

「うわ、すげえ風」

さえぎるものがない屋上を、風が吹き抜けていく。

マヤちゃん先輩が目をつぶって顔をしかめる。長いまつげに前髪がからんで、ほどいてあげたいけれど気づかないフリをしていると、諏訪が「髪」と手を伸ばしてほどいてやった。マヤちゃん先輩は目をつぶったまま嬉しそうに笑っている。満ち足りた表情が、ちょっとだけ癪《しゃく》だった。

放課後、昇降口で靴を履き替えていると「真山せんぱーい」と黄色い声が聞こえた。見ると、昇降口のすぐ前を横切っていくマヤちゃん先輩がいた。一年の女子が五、六人キャアキャアさわいでいて、それを見事に無視してマヤちゃん先輩は歩いていく。

マヤちゃん先輩は怖いけれどモテる。顔がいいという以外にも、独特の雰囲気があるのだ。薄っぺらな鞄の持ち手を一本だけ肩にかけて、もう一本はだらんと下げて、うつむきがちに携帯をいじっている。みんなと同じ制服なのに、どこか垢抜《あかぬ》けたライン。姿勢がいつも微妙に左にかたむいていて、不安定な感じも逆に人目を惹いた。

下駄箱に手をつっこんだ半端な動きのまま見とれていると、ふとマヤちゃん先輩がこちらを向いた。ん？　と目を眇め、ガラの悪い顔つきがぱっと笑みに切り替わる。

「たーから」

歌うように呼ばれ、高良は靴を履き替えて校舎を飛びだした。なんだかご主人さまに呼ばれた犬みたいで恥ずかしくなったが手遅れだ。一年の女子たちがこちらを見ている。「あれ誰？」「二年？」と聞こえたが知らんフリをした。少し得意だった。

「先輩、今帰り？　誰にメールしてるの」

「諏訪。昼からずっと拗《す》ねてっから」

「まだ？　ほっとけばいいのに」

マヤちゃん先輩も「だよな」とうなずく。でも絶対にほっとかない。今も『早く上がれそうなら頼んでみる』とメールで打っている。甘いなあと口をへの字に曲げたとき、文字を打つ親指の爪に極小のキラキラハートシールが貼られているのに気づいた。

「どうしたの、そのシール」

「教室で寝てて、起きたらなんか貼ってあった」

女子だろう。少しでもちょっかいを出したいのだ。

「取らないの？」

「こういうの鈴樹《すずき》が好きだから、あとで見せてやろうと思って」

「スズキ？」

「妹」

高良は思わず笑った。

「名字みたいな名前だね。もしかして弟はカワサキとか？」

マヤちゃん先輩はいやーな顔をした。しまった、気を悪くさせたか。

「妹がスズキで、弟がカワサキで、だったら俺はホンダか？」

ぶすっとしつつ、冗談めかしてくれたのでホッとした。

「けどまあいい線だな。弟の名前は清水《しみず》だ」

それもう完全に名字じゃないですかとツッコミたかったが我慢していると、マヤちゃん先輩の方から説明をしてくれた。妹は『スズキ』で、弟は『シミズ』。そしてマヤちゃん先輩は『ミナミ』。それぞれ父親が違っていて、誰が誰の子供か忘れたり間違えたりしないようにと、母親がそれぞれの父親の名字を名前にしたのだという。

「すごいお母さんだね。大胆というか」

「あんないいかげんな女見たことねえよ。俺が女を好きじゃねえのは絶対にあいつのせいもある。朝起きたらスカートめくり上げたまま酔っ払って廊下に転がってんだぞ。なんで朝っぱらからオカンのパンチラで目え覚まさなきゃいけねえんだ」

高良はふきだした。

「お母さん、お酒好きなの？」

「仕事だよ。駅前の『アマリリス』ってスナックでママやってんだ」

マヤちゃん先輩の母親は末っ子の清水の父親と別れて以来、ホステスをやりながら三人の子供を育てているという。高良はふと気づいた。

「もしかして、バイト頑張ってるのは家のため？」

マヤちゃん先輩は黙り込んだ。無神経な質問だったかもしれない。けれどすぐに「百パーってわけじゃねえけど」と照れたように笑ってくれた。

「オカンは雇われだけど一応ママだし、そんな給料悪くもねえんだけど、やっぱ鈴樹も清水もこれから金かかんだろ。俺も小遣いまで親に頼るの嫌だし」

「……すごい。先輩、親孝行だ」

諏訪と同じ派手な人だと思っていたけれど――。

「ばーか、そんなんじゃねえよ」

マヤちゃん先輩はぷいと赤い顔を背ける。親孝行。プラス照れ屋で優しい。

「諏訪は一度説教してやらないとな。彼氏なのにそういう事情スルーで会いたい会いたいってワガママすぎる。先輩も一回ガツンて言ったほうがいい」

マヤちゃん先輩は「あー」と意味なく呟いた。

「いいよ、あいつはそういうのも『らしい』とこだし」

「先輩、ちょっと諏訪に甘すぎるよ」

「うん、まあなあ……」

言葉をにごす横顔から、これ以上は突っ込まない方がいいと思った。

「そういえば、鈴樹ちゃんや清水くんってまだ保育園なんだよね。周りの友達に名前間違えられたりしないのかな」

「しょっちゅうだよ。そのせいで鈴樹は将来ぐれるかもしれねえな」

「そうなの？」

「わかんねえけど、確実に悪くなってる。こないだも変な名前ってからかわれて、同じ組のガキどついたらしいしなあ。『てめーぶち殺すぞ』ってすごんだらしい」

高良は少し考え込んだ。

「それ、八割先輩の影響じゃないかな」

「……そう思うか？　ちょっと言葉遣い気いつけるかな」

高良は笑った。マヤちゃん先輩は本当に家族思いだ。きっと下の子からも慕われてるに違いない。悪口ばっかり言ってるけれど、母親のことも大事にしているんだろう。本当に嫌っていたら、まず自分から話題に出さないと思う。諏訪のように――。

諏訪家の離婚問題はこじれる一方だ。うちの親が話しているのを聞いた。諏訪は普段馬鹿話ばかりで、そういうことはほとんど言わない。だからどうなってるんだとは高良も聞かない。どうなってもこうなっても、子供にはなんの決定権もない。

「高良、今日塾だろう。直行なら送ってやろうか」

「ほんと？　ありがとう」

裏の通用門から出て少し歩くと、マヤちゃん先輩の友達の家がある。そこにマヤちゃん先輩は校則で禁止されている原チャリを置かせてもらっている。

ほらと渡された半ヘルを、高良はゆるくかぶった。初めてのとき律儀にきっちり顎《あご》でベルトをしめ、「新聞配達かよ」と笑われて恥ずかしい思いをしたのだ。

後ろのシートに乗り込むと、パラパラと軽い音がして景色が流れだす。小さな家がずらりと並ぶ路地裏の住宅街。丹精込められている薔薇《ばら》の垣根や柔らかな緑のハナミズキを通りすぎ、駅へ行く通りに出たときだ。

「やべっ」

前方を走る自転車、『NISHIKOU BASE BALL CLUB』とロゴの入ったジャージの背中を発見した。野球部顧問で生活指導の新田《にった》先生だ。髪を染めるな、授業をサボるな、バイク通学するなと、週一で呼び出しをくらっているマヤちゃん先輩の天敵だ。

「やべー、今度なにかしたら停学だって脅されてんだよ」

大急ぎで脇の路地へ逃げ込んだが、その道の真ん中で黒猫が日向ぼっこをしていて「ふぉっ！」とマヤちゃん先輩はおかしな声をあげた。バイクがS字にヨロける。なんとか黒猫をひかずに体勢を整えたあと、こらえきれずに高良は笑った。

「てめー、なに笑ってんだ」

「だって、『ふぉっ』とか言うから。『ふぉっ』って」

「馬鹿野郎、黒猫ひいたら呪《のろ》われるだろ」

「違うよ。横切られたら呪われるんだ」

「はあ、横切っただけで？　容赦ねえな」

くだらないことを話しながらバイクは駅への裏道を走り、自分たちの声は発した瞬間に後ろへ流れ去っていく。原チャリで二ケツなんて警察に見つかったら即キップだし、先生に見つかっても停学だ。なのに、まるで初めて自転車で全力疾走したときみたいな爽快《そうかい》さを思い出す。途中、のばら保育園の前でマヤちゃん先輩がバイクを停めた。

「ここ、鈴樹と清水の保育園」

へえと高良はバイクにまたがったまま園庭をのぞきこんだ。滑り台が象の鼻になっている。もっとたくさん子供がいるのかと思ったが、それほどいない。

「もうお迎えきて帰った子供もいるからな。お、うちのチビどもだ。鈴樹、清水」

マヤちゃん先輩が声を張ると、砂場にいた男の子と女の子がぱっとこちらを向き、スコップをほうり投げて駈《か》けてきた。ふたりともマヤちゃん先輩に似た美形だ。

「おにいたん、おかえりっ、おかえりっ」

「おにいたん、まってて、カバンとってくるっ」

ふたり一斉にしゃべり、建物に戻ろうとするのをマヤちゃん先輩が引き止めた。

「まだだ。こっちのおにいたん送ってからまたあとで迎えにくるから」

フェンス越し、ふたりにじっと見つめられ、高良は慌てて笑顔を作った。

「はじめまして。おにいたんのお友達の高良晶太郎です」

人見知りなのか、ふたりはぎゅっとくっついて高良を見上げるだけだ。

「駅前の目医者の息子だぞ。前に保育園に健診きてもらったろ?」

マヤちゃん先輩がつけ足すと、ふたりの顔がぱっと明るくなった。

「らくだ先生のこども?」

舌っ足らずな問いに、高良は笑ってうなずいた。目が大きくてまつげが長い高良の父親は、子供の患者から「らくだ先生」の愛称で親しまれている。じゃあまたあとでなとマヤちゃん先輩がエンジンをふかす。ふたりは「らくだのおにいたん、バイバーイ」とフェンス越しに手を振ってくれた。

マヤちゃん先輩につかまり、高良はにこにこ笑った。

「なに笑ってんだよ」

気配が伝わったらしい。

「ふたりともすごくかわいかったから。ミニチュアの先輩みたい」

「俺はもっとかわいかったっつうの。天使だったぞ、天使」

「今はこんなんだけどね」

「てめ、泣かすぞ」

いきなり蛇行運転され、ひゃあっとマヤちゃん先輩の腰につかまった。ふたりで意味なく笑い合う。言われなくてもわかっている。小さいマヤちゃん先輩は天使だった。ぜひそのころに会いたかった。友達になって、一緒にお遊戯をしたかった。

再び通りに出ると、バスが走っていくのが見えた。排気ガスを避けるために追い抜きをかける。見上げる窓にはうちの制服の群れ。何人かがこちらを見ている。平然とした顔で追い抜いていきながら、高良は本当は笑いだしたいほど楽しかった。

誰に見られているかわからないから、滅多なことはしない――いい子ぶっているわけではないけれど、昔からジャストサイズの洋服みたいに自分を包んでいた薄い膜が、マヤちゃん先輩といると、ハラハラとはがれて後ろに飛んでいく。

「俺も免許取ろうかな」

楽しい気分をもっと膨らましたくて言ってみた。

「おー、原チャリなんて一日で取れるし行ってこいよ」

「どうせなら、もっと大きいのがいい」

「高良のくせに生意気だな。けど取ったら乗せてくれ」

その一言で夢が広がった。中型ならふたりで乗れるし遠出もできる。乗せてもらうのも楽しいけれど、やっぱり自分が運転してみたい。後ろにマヤちゃん先輩が乗ってくれたら最高に楽しいだろう。夏の海岸線、青空、入道雲、太陽。コマーシャルフィルムみたいな映像と、腰に回される細い腕の感触をリアルに想像して胸が高鳴った。

「いいよなあ。お前んち医者だし、バイクくらいすぐ買ってもらえんじゃん」

「無理だよ。うちはそういうの慎ましいから」

「じゃあバイトか?」

「塾あるし、免許より反対されそう」

「なんだそりゃ。バイトもできねえってボンボンも大変だな」

マヤちゃん先輩の髪が、高良の顔をぴしぴし弾く。

痛いような、くすぐったいような、もっと叩かれたくて顔を寄せていく。

鞭《むち》みたいに散らばって飛んでくる茶色の髪の隙間《すきま》から、ちらりと見える耳裏にピアスキャッチがみっつ並んでいる。もう少し顔を寄せれば——キスできる。


その夜、夕飯のときにさりげなくバイトをしたいと言ったら、理由を聞かれた。うちの親はなににしても頭ごなしに反対はしない。まず理由を聞いて、それから答えをだす。よその家のことは知らないけれど、まあまあフェアな親だと思う。

免許を取りたいのだと言うと、十八になるまで無理でしょうと母親が言い、バイクの免許だからと答えると、大学時代ツーリング部に入っていた父親が嬉しそうに思い出話をはじめた。機嫌よく話しているのでもしやと期待したが、とりあえず医大に受かるまでは我慢したらどうかと言われた。バイクは逃げないが、受験はそうもいかない。

「浪人生活はしんどいぞ」

叱《しか》るでも説教でもなく言われ、確かにそうだと高良も納得した。マヤちゃん先輩といると違う自分になれたような気がするのに、家に帰って家族と過ごしていると、やはりたいして変わっちゃいないのだった。はがれて飛んでいった薄い膜は、また再生されて高良を包みこんでいる。問題は、それを特に窮屈にも感じない自分だった。

——ボンボンも大変だな。

昼間の言葉が、今さらチクリと胸を刺した。確かに自分の家は裕福だ。今のところ医大に進学できるほどの成績をキープしているし、両親の仲はよく、高良も家族に対して愛情を持っている。世間でいう『いい子』な自分を引け目に思ったこともない。でもマヤちゃん先輩と知りあってから、それらがなんだか格好悪く思えてしまう。

風呂を使ってから離れに戻ると、携帯に諏訪からメールが入っていた。そういえば、今夜くると言っていたのにこなかった。

『ツレと遊び行くから今夜はパス』

いつものことだと、ふっと溜息をついた。ツレと遊ぶということは、デートをキャンセルしたんだろうか。マヤちゃん先輩に電話してみようかと考えたけどやめた。友人の恋人に対して、心の中でいいなと思うのはセーフだけど、実際に電話をするのはアウトだ。

本を読んでいるうちに十時になり、高良は早々にベッドに入った。夜が早いのは早起きをするためだ。脳をフルに使いたいなら勉強は朝型が合理的だ。

けれど翌朝の目覚めは悪かった。変な夢を見た。いや、夢自体は普通だ。マヤちゃん先輩と海岸線を二人乗りでバイクで走るという、ごく健全な内容だった。

昼間のイメージが残っていたせいだろうし、我ながら単純だなと呆《あき》れるけれど、問題はすごくリアルだったということだ。腰に回されたほっそりとした手の感触。「たーから」と呼ぶ声や潮の香り、眩しい日差しまでくっきり思い出せる。

現実と同じくらい鮮やかな記憶として、自分の中に刻みこまれてしまった夢。これはなんだかやばいと思う。妄想を現実と勘違いする危険な人みたいだ。

参考書を開いても集中できず、もう一度眠ることもできず、しかたなく高良はジャージに着替えた。五月の夜明け、街はすっぽりと濃い青色の空気に包みこまれている。

軽く身体をほぐしてから走りだした。すぐに苦しくなってくる。体育の授業以外でマラソンなどしないので、想像以上に体力が落ちている。少し気合いを入れようと大通りへ出た。駅前を回って戻ってくると四十分ほどのコースになるはずだ。汗と一緒にモヤモヤも薄れていき、これは日課にしてもいいかもしれないと思った。

駅前を通過し、あとは家へ戻るだけ。そのとき、流れていく視界の端をほっそりとした人影がよぎった。五段くらい重ねられたパンケースを担いだコンビニ店員。ケースで顔が見えないが、細長い体型や長めの茶髪は見間違えようがない。

「マヤちゃん先輩！」

止まって声をかけると、ケースからびっくりした顔がのぞいた。

「高良？　なにしてんだお前、朝っぱらから」

「それ、俺が聞きたいよ」

「見りゃあわかんだろ。俺はバイトだ」

マヤちゃん先輩は空ケースを店の横に積み、ぱんぱんと手を払った。ホームセンターに夜中の交通誘導にコンビニもプラスなんて、ちょっと働きすぎだと思ったが、

「誘導のバイトはやめたから」

二週間ほども前のことだと言われて驚いた。「全然知らなかった」と言うと、「だって言ってねえもん」とあっさり返される。

深夜のバイトは時給がよかったのでやめたくなかったけれど、夜中、ホステスの母親もマヤちゃん先輩もいないとき、おとなしく寝ていると思っていた弟と妹が夜泣きをしていると、近所のおばさんから教えられたのだという。

「誘導のバイトは十二時からだし、オカンの仕事は十二時半までだし、大丈夫だろうって思ってたんだけど、最近オカンの帰りが遅かったみたいなんだよ。客とアフター行くのも仕事のうちだって言われると文句も言えないだろ。一応うちの大黒柱だし」

コンビニのバイトは早朝五時からで、さすがにその時間には母親も帰っている。マヤちゃん先輩は七時までバイトをして、それから家に帰り、酔って爆睡している母親に代わって弟と妹に朝食を食べさせ、保育園へ送ってからダッシュで学校にくるらしい。

「そんなに働いて、身体は大丈夫なの？」

想像しただけで大変そうで、高良の方がおろおろしてしまう。家の話は以前に聞いたけれど、明るい口調なのでまさかそこまで過酷だとは思わなかった。

「なに情けねえ顔してんだよ。俺は別にいいんだよ」

「でも、なにか俺にできることあったら……」

ついさっきまで、モヤモヤを発散させるために早朝マラソンを日課にしようかなんて考えていた。やむにやまれぬ事情で朝早くから働いているマヤちゃん先輩を前にすると、恵まれすぎている自分に妙な後ろめたさを感じた。

「あーあー、そういうのやめやめ。俺からしたら勉強するより働いてる方がずっと楽なんだよ。お前は将来医者になるために毎日勉強してんだろ？　俺にはそんなの逆立ちしてもできねえよ。拷問《ごうもん》と一緒。お前はお前。俺は俺。それでいいじゃん。それで終わり」

照れ隠しなのか、ぶっきらぼうな早口でマヤちゃん先輩が言う。

「あ、けど」

マヤちゃん先輩がふっと言いよどんだ。

「なに？」

「いや、やっぱいいわ」

「言って。そういうのすごく気になる」

詰め寄ると、マヤちゃん先輩は困った顔で頭をかいた。

「バイトのことはいいけど、妹とか弟が夜泣きしてってのは諏訪に言うなよ」

「ああ、うん、わかった」

高良はうなずいた。誰だって家がゴタついているなんて知られたくない。でも高良には言ったのに諏訪には内緒なのか。なんだか自分が特別な存在みたいで嬉しい。ゆるみそうな顔を押しとどめるため難しい顔をしていると、マヤちゃん先輩が言葉を足した。

「あいつ嫌いだろ。家関係のややこしい話すんの」

「え？　あー……、うん、まあ」

そうか。そっちか。自分が話したくないのではなく、諏訪の気持ちを思いやって話したくないのか。そうか、そうだよなと少し肩が落ちた。マヤちゃん先輩の言う通り、諏訪はほとんど自分の家の話をしない。家の話＝暗い話になるからだろう。

「まあ、諏訪のとこも色々あるから」

「色々？」

「知らないの？」

聞いてないのかと逆に驚いた。

「去年あたりから、ずっと離婚するしないで揉《も》めてるんだよ」

原因はおじさんの浮気だが、揉めてる間におばさんの方にも恋人らしき人ができたと先日うちの親がこっそり話していた。でも、そこまではさすがに言わなかった。

「全然、知らなかった」

マヤちゃん先輩がうなだれ、高良は焦った。

「あ、でも先輩に言わないのは、好きな人に心配させたくないとかそっちだと思う。自分のことはともかく、好きな人の話は聞きたいと思うよ」

うなだれているマヤちゃん先輩に、高良は勢い込んだ。

「俺なら、好きな人のことはなんでも聞きたい。好きなものとか、嫌いなものとか、どんなことで笑うのかなとか。変に気とか遣わないで、家のことでもなんでも打ち明けて、甘えればいいよ」

自分なら、そのほうが嬉しい。悲しいことがなければいいし、あるなら相談に乗りたい。

「……あいつは、そういうのとは違うんじゃねえかな」

マヤちゃん先輩がぽつりと言った。

「なにが？」

「つきあいはじめのころ、あいつが夜中に俺の家まできたことあったんだよ。携帯に電話かかってきて、ちょっと出てきてって言われたけど鈴樹がぐずってて、しかたねえから家のこと説明したんだけど……。うちは父親いなくて、オカンが夜働いてて、弟と妹の面倒みるの俺しかいねえからって。そしたら途中で『もういいよ』って電話ブチられた」

「なにそれ」

たいして親しくもない相手からいきなり家庭の事情など打ち明けられたら重いだろうけど、相手は恋人だろう。その対応はないんじゃないか。そもそも向こうが勝手に押しかけてきたんだろう。高良は他人事《ひとごと》ながら腹を立てた。

「まあ、そのときは俺もムカッとしたんだけど……」

けれどムカッとしたあと、マヤちゃん先輩はつきあいはじめで重い話をしたのはまずかったかもしれないと反省したらしい。ちょっと待て。反省する必要なんてないだろうとマヤちゃん先輩にもツッコミたかったが、高良は続きを黙って聞いた。

とにかく反省したマヤちゃん先輩は、翌日、諏訪に謝った。あくまで軽い感じで、重くならないよう気をつけて。けれど諏訪はめんどくさそうに言い放った。

——どうでもいいよ。そういうの苦手。

呆れるのを通りこし、高良は理解不能に陥った。

「ひどい」

正直な感想が口からこぼれた。

「なんか……あいつはただの馬鹿だな。そんな自己中ばっかりしてたら、そのうち誰からも表面でしかつきあってもらえなくなる。そのとき後悔しても遅いのに」

「しないんじゃないか、後悔なんて」

え、と高良は隣を見た。

「あいつは、誰とも深くつきあいたいとか思ってなさそうだ」

意味がわからず、高良はぽかんとマヤちゃん先輩を見た。長めの前髪に目元をかくされて、表情が読めない。高良は手を伸ばし、マヤちゃん先輩の前髪をかきわけた。無意識の仕草だった。マヤちゃん先輩がこちらを見る。切れ上がった涼しい目元が驚いたように見開かれている。

「ごめん、なんか泣いてるように見えたから」

焦って言い訳をした。

「……高良の彼女はいいな」

マヤちゃん先輩はふっと笑った。

「え？」

「大事にしてもらえそうだ」

他人事な笑みに、自分など全然お呼びじゃないことを改めて自覚した。マヤちゃん先輩にとって自分はあくまで彼氏の友人だ。わかっていたことだけど――。

駐車場にバンが入ってきて、中からニッカボッカ姿の男たちがどやどやと降りてきた。

「じゃあ行くわ」

マヤちゃん先輩が店に戻ろうとする。いいタイミングにホッとした。でもなにか一言言いたかった。恥の上塗りになってもいいから。

「マヤちゃん先輩」

呼び止めると、コンビニの青い制服を着た背中が振り向いた。

「えっと……、なにか悩みとかあったらいつでも相談して」

口にした途端、ありきたりすぎて顔が赤らんだ。

「サンキュ」

笑ってコンビニに入っていく背中を、恥ずかしい気持ちで見送った。今まで特に劣等感など感じたことはなかったのに、マヤちゃん先輩といると、自分がとても小さい男に思えてしまう。心の底でちりちり焦げているのは嫉妬《しっと》だ。それも友人である諏訪への。

ガラス越し、高良はマヤちゃん先輩を眺めた。レジを打つ。商品を袋に入れる。なんでもない仕事風景。なのに目が離せない。ぼうっと眺めていると、マヤちゃん先輩がこちらを向いた。早く行けよと言うように手を振ってくる。

高良はうなずき、再び走りだした。夜はすっかり明け、朝焼けの透明なオレンジが駅ビルの壁面をくっきりと照らしている。マヤちゃん先輩が好きなのは諏訪。自分は友人。わかっている。わかっている。わかっていたはずなのに――。

塾が終わって外に出ると、空にはぽっかりと丸い月が浮かんでいた。満月だ。口元に笑みが浮かぶ。期末テストが終わったばかりで気がゆるんでいるのだ。いつもは真っ直ぐ帰るのに、駅を通過して西口の本屋に寄ることにした。

塾のある東口より、大きなロータリーのある西口の方がにぎやかだ。コンビニ、ドーナツショップ、レンタルショップ、居酒屋。ひときわ明るいカラオケボックスの前を通りすぎたとき、自分と同い年くらいの男女のグループが店から出てきた。

「このあとどうする。カッツンちでも行く？」

「あたし帰る。十時過ぎると親うるさいし」

「どこのお嬢さまだよ」

そう笑った声に高良は振り向いた。声の主はやっぱり諏訪で、女の子の肩に手を回している。声をかけるか迷っていると、諏訪の方がこちらに気づいた。

「おう、高良、塾の帰り？」

「本屋に寄ろうと思って。お前は？」

「ツレとカラオケ」

肩を抱かれている女の子が「ツレ？」と軽く諏訪をにらみつけ、すぐにくすくす笑いだす。よく見ると、諏訪の指先が女の子の肩を意味深になぞっていた。ブラの肩紐のあたりだと気づいて高良は眉をひそめた。

「マヤちゃん先輩は?」

「またバイト。相変わらずよく働くよな。俺はつらいわ」

泣き真似をする諏訪を無視して、高良はさっさと踵《きびす》を返した。

本屋に寄って新刊コーナーを眺めて回ったが、頭はさっきの不愉快な光景でいっぱいだった。あの様子では、ふたりは『ツレ』ではないんだろう。マヤちゃん先輩がいるのにどういうことだと苛々《いらいら》していると、携帯が震えてメールを知らせた。諏訪からだ。

『マヤちゃんにチクんないでくれよー』

プルプルふるえている雫《しずく》の絵文字が苛立ちを増長させた。こんなメールをしたら浮気を認めているようなものだろう。しかもこれでチクったら高良は諏訪を、つまり友人を裏切ったことになる。強引に共犯にされたも同じで、苛立ちは強い怒りに変わった。


翌日、高良は生まれて初めて授業をサボった。四時間目がはじまる前、隣の席の友人に頭痛がするので保健室に行ってくると言い置いて屋上へ向かった。メールで呼び出しておいたので、ちょうど階段のところで諏訪にバッタリ会った。

「おう、高良」

諏訪が手を上げる。

「どしたんだよ、優等生のお前がサボりなんて。高校デビューなんて馬鹿らしいからやめとけよな。俺、おばさんとおじさんに怒られんの嫌だからな」

バツの悪さをごまかすように諏訪は口数が多い。無視して階段を上っていくと、諏訪もそれ以上は話さず、黙ってあとをついてきた。屋上に出るドアを開けたと同時、四時間目がはじまるチャイムの音が響き、校舎から急速にざわめきが消えていく。

「マヤちゃん先輩いるのに、なんであんなことするんだよ」

単刀直入に聞いた。諏訪は予想していたのだろう、あらぬ方を向いている。

「昨日の女の子、うちの一年だよな。顔見たことある」

「それが?」

「なんでよりによって同じ学校の女子と浮気するんだよ」

「わざわざ選んだわけじゃない。たまたまそうなっただけ。今まで彼女のことはオープンにしてたけど、さすがにマヤちゃんとのことは秘密にしといたほうがいいだろ。そうするとフリーだって思われて、女がガンガンくるんだよ。モテる男もつらいのよ?」

くだらない茶化しを高良は無視した。

「マヤちゃん先輩にばれたら、どう言い訳するんだよ」

にらみつけると、諏訪は白けたように溜息をついた。

「お前、急になんなの?」

「なにが」

「俺、なにも今回初めて浮気したわけじゃねえじゃん」

「威張って言うことか」

「威張ってねえよ。ただ浮気は初めてじゃないし、お前もいつもは『ほどほどにしとけよ』って流してただろ。なんで今回だけカリカリしてんだよ。意味わかんねえ」

「カリカリっていうか……」

高良は言葉につまった。いつも見逃してきたことなのに、今回だけなぜこんなに腹が立つのか。それは。それは――。

「友達だからだろ。今までのお前の彼女と俺は友達じゃない。でもマヤちゃん先輩とは友達だ。マヤちゃん先輩、すごくいい人じゃないか。だから今までの子みたいに流せないし、お前の味方ばっかりできないんだよ」

半分本当で、半分嘘だ。諏訪を責めるほど、後ろめたさが膨らんでいく。風の音に紛れて、グラウンドから「タラタラすんな」と体育教師の暑苦しい声が聞こえた。

「まじになんなよ」

諏訪が面倒そうに言った。

「男相手ならマヤちゃんも気分わりいだろうけど、女だし別にいいだろ」

「はあ？　男でも女でも好きって気持ちは同じだ。浮気されたら嫌に決まってる」

問い詰める視線を避け、諏訪は髪をかき回した。

「じゃあさ、向こうも浮気すりゃいいんじゃね？」

「……は？」

ぽかんとした。こいつはなにを言ってるんだろう。

「俺だけ浮気して、相手にはすんなって言うんだったら勝手だって怒られてもしかたないけど、俺は相手が浮気したって怒んない。そういうガチガチに縛られたり縛ったりする関係って好きじゃないんだ」

「ちょっと待てよ。じゃあ、なんでお前マヤちゃん先輩とつきあってるんだ」

「好きだからに決まってるだろ」

通じなさに苛々した。自分なら、恋人がいたら浮気はしない。恋人に浮気をされるのも嫌だ。好きだったら当然だろう。諏訪と自分はベースになる感覚がずれている。

「俺は好きな子と一緒にいると楽しいからつきあうんだよ。だから楽しくなくなったら別れるし、他にもっと楽しい子と出会ったらそっちとつきあうし、それって駄目か?」

正面切って問われると、わからなくなった。

「高良言ったよな。もしマヤちゃんにばれたらどうするんだって。それは俺じゃなくてマヤちゃんが決めることだろ。嫌なら別れればいいし、嫌じゃなかったら続行だ」

「そんな簡単に割り切れないだろ」

「俺は割り切れる」

「自分の考えを他人に押しつけるなよ!」

そのとき、いきなり足元に人影が増えた。えっと驚いて見上げる。階段室の上、給水塔の脇に、太陽を背負ってほっそりとした影が見えた。

「お前らうるせーよ、せっかく昼寝してたのに」

マヤちゃん先輩は不機嫌そうに言い、ハシゴ階段を下りてきた。絶対に聞かれた。高良の心臓が派手に波打つ。どくどくと血の流れる音まで聞こえそうだ。

「聞いちゃった?」

諏訪が問う。浮気がばれたというのに全く焦っておらず、悪びれない笑みまで浮かべている。どうしてそんなに普通でいられるんだと、背中を嫌な汗が流れ落ちた。

「聞いた」

「どうする?」

どうするもこうするもないだろう。普通なら怒る。

「マヤちゃん、ごめんね?」

諏訪はマヤちゃん先輩の肩に甘えるように顎を置いた。

「けどマヤちゃんも悪いんだよ。俺のことほったらかしでバイトばっかじゃん。俺、さびしいのやなんだよ。マヤちゃんがしっかり俺のこと構ってくれたら、他の子になんか行かないのに。俺、今んとこマヤちゃんが一番好きだからさ」

甘ったるい声音で訴える諏訪に、高良はほとほと呆れた。こいつは一度殴られたほうがいい。案の定、マヤちゃん先輩は舌打ちをし、拳を固めた。諏訪の側頭部めがけて拳が飛ぶ。しかし実際はスコンとこづく程度で、諏訪は小さく頭を揺らした。

「ばれるようなやり方すんじゃねえよ、タコ」

「ごめんなさい、今度からうまくやります」

「全然反省してねえじゃねえか」

マヤちゃん先輩は身体を離し、諏訪の腿裏《ももうら》を蹴った。諏訪が膝《ひざ》を崩してたたらを踏む。

「反省しろ、反省」

マヤちゃん先輩は何発も蹴る。けれど全く本気ではなく、「ごめん」とあやまる諏訪の顔も笑っている。高良はじゃれあうふたりを茫然《ぼうぜん》と見た。

「なあマヤちゃん、信じろよ。浮気しても、俺の一番はマヤちゃんだから」

「ああもう暑い。くっつくな。俺は昼メシ買ってくる。高良なんかいるか？」

後ろから抱きつく諏訪を払いのけ、マヤちゃん先輩がこちらを向いた。

「ちょ、なんで高良だけ？　俺には聞いてくんないの？」

「浮気した罰だ。お前は今日昼飯抜き。飢えろ」

ええーっと諏訪は情けない声を上げたが、マヤちゃん先輩は口だけでどうせ諏訪の好きなサンドイッチやプリンを買ってくるんだろう。マヤちゃん先輩が出ていき、ふたりきりになると、「な？」と諏訪がのぞきこんでくる。「なにが？」と問い返す。

「お前はちょっと真面目に考えすぎなんだよ」

諏訪は得意そうに口元をとがらせた。

「男とつきあうのは初めてだけど、なかなかいいよな。女と違ってさっぱりしてて楽っつうか。あいうとき、女って絶対怒るか泣くもんな」

それが普通だと喉《のど》まで出かかったが、やめた。諏訪が言うように、男女のつきあいと男同士は違うんだろうか。経験がないのでわからない。マヤちゃん先輩本人が流しているのに、外野の自分が納得できないでいることが馬鹿みたいで余計に腹立たしかった。

「百二十六円です」

ランニング用のミニ財布から小銭を出して渡す。釣りとスポーツドリンクを受け取り、ありがとうございましたと頭を下げられたが、高良はレジの前から動かなかった。

「お客さま、どいてくれねえと困ります」

コンビニのカウンターの向こうで、マヤちゃん先輩が眉間に皺を寄せる。

「だって、昨日電話したのに出なかった。メールも無視した」

高良は負けじとぶすっと立ち続けた。一秒、二秒、三秒……。根負けしたのはマヤちゃん先輩だった。舌打ちして髪をかき回す。奥のバックオフィスに「ちょっと休憩もらいまーす」と声を上げ、「裏」と高良に顎をしゃくった。

先日バイト中のマヤちゃん先輩を発見してから、早朝マラソンとコンビニドリンクは習慣になっている。バイトの邪魔にならないよう、いつもはレジで挨拶《あいさつ》をするだけだが、朝一番にマヤちゃん先輩の顔が見られるのは嬉しく、それだけを理由にマラソンは続けられていた。

店の裏へ行くと、カラスがゴミ袋をつついていた。ていっとマヤちゃん先輩がゴミ袋を蹴ると、黒い二羽は空に羽ばたいた。ゆったりとした動きがふてぶてしい。

「駅前のカラスは鍛えられててタチわりいなあ」

マヤちゃん先輩は顔をしかめ、壁に立てかけてあるほうきとちりとりで散乱したゴミを集めはじめた。あーあ、ぐっちゃぐっちゃとブツブツぼやく。

「なんで怒らなかったの？」

問うと、マヤちゃん先輩は「んー?」とはぐらかすように笑う。

「ビシッと言っとかないと、あいつ調子にのるタイプだよ」

「だろうなあ」

「わかってるなら、なんであんなあっさり許すかな。もしかして、マヤちゃん先輩も諏訪と同じ考えなの?　そのときそのとき楽しい相手と遊べばいいと思ってる?」

自分でも意地が悪いと思う聞き方だった。

「俺は違うけど、まあ、なかなかそうスッパリいかねえもんだろ」

マヤちゃん先輩はぶつぶつ呟き、掃除を続ける。いつもみたいに「うっせーよ」と蹴ってきたりもせず、アスファルトを掃く音だけが静かな裏口に響く。薄暗かった初夏の空が急速に明けて、どんどんあたりの風景が鮮明になっていく。

「あいつ、また同じことするよ。そしたらどうするの?」

マヤちゃん先輩はほうきを使う手を止めた。

「さあ、どうすっかな」

柄の長いほうきの先に手を重ね、背中を丸めて体重をかける。困った表情。生意気な下級生に怒らないなんて、らしくない。強気なマヤちゃん先輩には似合わない。

「そんなに、あいつが好きなの?」

マヤちゃん先輩はますます困った顔で首をかしげ、なにも答えない。

もう納得するしかなかった。

多分そうだろうと思っていて、でも認められないでいたことを。

今までも諏訪に甘いと思っていたけれど、高良が思っている以上に、マヤちゃん先輩は諏訪に惚れているのだ。あのとき怒って追いつめたら、諏訪とは終わってしまうから、浮気した恋人を責めもせず、我慢して許すフリをするくらい惚れているのだ。

自分がとんでもない間抜けに思えた。

朝っぱらからこんなところまできて、なんで怒らないの、なんでなのと問い詰めて、一体なにがしたかったんだ。こんなことをしても、相手の立場をなくすだけなのに。

「……あーあ」

力なく呟いた。きっと今の自分はふてくされた子供みたいな顔をしているはずだ。

「俺も、恋人ほしいなあ」

自分の足元を見ながら呟くと、「お前ならすぐできるよ」と言われた。完全に他人事な言葉。高良は情けない思いで溜息をついた。

「きっかけって、なんだったの？」

のろのろと顔を上げた。

「ん？」

「諏訪を好きになったきっかけ」

元々はマヤちゃん先輩の方から告白したのは知っている。だったら、好きになるなにか特別な出来事があったはずだ。それを聞いて納得したい。納得できれば少しは楽になれる。

「あいつの駄目なとこ、まるっと帳消しにするなにかすごい長所があるんだろ？」

問うと、マヤちゃん先輩はなんとも言えない顔をした。ほうきを抱え、少し考えるような沈黙のあと、「そうだなあ……」とぽつりと呟いた。

「どしゃ降りの雨の中、道に捨てられてる子猫を拾ってるところを見た」

「え？」

「みんなが寝たフリしてるバスの中で、腰の曲がったおばあちゃんに席を譲ってるのを見た。俺が落ちこんでたとき、さりげなく優しい言葉をかけてくれて俺は救われた」

マヤちゃん先輩は棒読みで言うと、こちらを向いた。

「そういう『ちょっといい話』があればいいのか？　みんながみんな、うんそりゃあ惚れるよなって納得する事件がないと、人を好きになったら駄目なのか？」

瞬間、頬が熱を持った。自分がすごくくだらない、浅いやつのような気がした。返事もできずにただ見つめ返していると、マヤちゃん先輩はふっと表情をほどいた。

「笑わねえ？」

「え？」

「諏訪を好きになったきっかけ。笑わねえなら、教えてやってもいい」

「笑わない」

高良は慌ててうなずいた。

「かわいいって言われたから」

「え？」

「かわいいって言われたんだよ」

苛々と繰り返される。

「……かわいい？」

思わず眉をひそめると、

「別に全然かわいくねえけどな」

マヤちゃん先輩はぷいと明後日《あさって》の方を向いた。澄んだ朝の空気の中で、ふくれっ面の頬に浮かぶ赤味だけが鮮やかだ。

「別に特別な理由じゃねえよ。資材運びのバイト中、俺の鼻の頭に泥がついてて、諏訪がついてるよって作業着の袖《そで》で拭《ふ》いてくれたんだよ。サンキュって言ったら、かわいいねって言われて、それだけだけど……なんか意識するようになった」

「……ああ」

なんだかわかると思った。最初の一歩ならそれで充分だ。

自分がマヤちゃん先輩を意識したきっかけも似たようなものだ。「そうだよ」とぼそっと呟いた横顔とか、みっつ並んだ金のピアスとか、別に全然『いい話』じゃない。そうして芽が出たら、あとは本人にも無断で育っていくのが恋なのだ。

「まあ、お前にはわかんないだろうけど……」

破れたゴミ袋を見ながら、マヤちゃん先輩は言った。

「俺は昔から男しか好きんなれなくて、女が好きな普通の男にはわかんないだろうけど、気持ち的に相当きついんだよ。好きなやつできても絶対言えないし、ばれたらキモがられるし」

わかるよ。俺もだよ。喉まで出かかる。

「諏訪はそういう意味でかわいいって言ったんじゃねえし、わかってたけど、そんなん言われたの初めてで、んなこと一生言われねえよなあって思ってたからすげえ嬉しくて」

わかるよ。痛いほどわかる。高良は心の中で訴えた。

中学、高校、女の子とつきあっていく友人たちにどんどん置いてきぼりにされて、もしや自分だけ一生誰ともつながれないんじゃないかと毎日不安で、怖くて、自分はあるときから見ないフリ、考えないフリを決め込んだ。マヤちゃん先輩もだろう。自分たちは同類だ。でもマヤちゃん先輩のドアを開けたのは諏訪で自分じゃない。

「好きだって言えたのも、諏訪だからじゃねえかな。もし拒否られても、冗談にしてくれるような雰囲気があいつにはあるだろ。来る者拒まず去る者追わずで、軽いっていうか」

ああ、そうだ。あいつは確かにそんな感じだ。自分にはない空気感。

「高良さ、死ぬ気で告白する気持ちってわかる？」

そんな問い方で、マヤちゃん先輩は早口で喋《しゃべ》りはじめた。

最初から断られる覚悟で、諏訪なら流してくれそうと思っていても、でかい交差点に赤信号でツッコむくらいの勇気で告白したときのことを。

——俺のこと好きなの？　まじ？　嬉しい、ありがとね。

こちらが脱力するくらい諏訪は軽かった。あんまり軽すぎて、逃げの体勢に入られているんだと思ったくらい。その晩はそのまま別れ、多分もうふたりで会うこともないんだろうと落ちこんでマヤちゃん先輩は家に帰った。

けれど諏訪はそのあとも普通で、バイトが終わったあとラーメンを食べに行ったり、休みの前日はオールで遊んだり、マヤちゃん先輩はせめて友人に戻れるならと、好きだという気持ちを態度に出さないよう必死で友人のフリをし続けた。そんなある日、「なんか最近冷たいね」とキスをされた。驚きすぎて固まっているマヤちゃん先輩に、諏訪はしゃらっと言った。

——ねえ、つきあおっか？

そのとき、マヤちゃん先輩は自分は近いうちに死ぬと思ったそうだ。好きな男からキスされて、つきあおうと言われ、恐らく一生分の運を使ってしまっただろうから、あとは死ぬしかない。でも、それでもいいと思うほど嬉しかった。結局マヤちゃん先輩は死ななくて、つきあいがはじまると諏訪は馬鹿みたいに「かわいい」だの「好きだよ」だの甘い言葉を連発し、マヤちゃん先輩を死ぬほど嬉しがらせてくれて——。

「だからさ」

マヤちゃん先輩がこちらを見た。微妙に左側に傾いた独特の姿勢。

「あいつのこと、あんま悪く思わねえでやってくれよな」

予想外のことを言われ、高良は目を見開いた。

「恋人いんのに浮気はよくねえよ。最低だと俺も思う。腹も立つ。けど嫌なら別れようって諏訪は言ってんだし、浮気されてんのにズルズル続けてる俺も悪いから」

言葉がグサグサ胸に突き刺さり、高良は唇を噛《か》んだ。そうだ。その通りだ。ふたりいないと恋愛にならないのだから、どんな状況でもどちらかひとりだけが悪いなんてない。本気でそう思ってるやつは頭が悪いし、ついさっきまで自分も頭が悪かった。

「余計なお節介して、ごめん」

やっとそれだけ言えた。

「いや、お前は心配してくれたんだから。ありがとな」

マヤちゃん先輩は笑った。そのせいで逆に突き放された気がして、高良は笑い返せなかった。沈黙が生まれて、ちょっと気まずくなる。高良はごまかすように髪をかき回した。

「あのさ、あんなこと言ってるけど、諏訪もマヤちゃん先輩にベタ惚れだよ」

「なんだよ、いきなり」

「だって浮気現場を俺に見られたとき、速攻で『マヤちゃんにチクんないでくれよー』ってメール入れてきてさ。それもプルプル震えてる雫の絵文字つきで」

「まじか、かっこわる」

マヤちゃん先輩もノリで笑ってくれた。

「なんだかんだ強気なこと言ってるけど、諏訪も本音はマヤちゃん先輩に惚れてるんだよ。だいたいあいつの浮気は風邪みたいなもんだし、すぐ治るから気にすることないよ」

格好悪い自分をごまかすように、口数がやたら多くなる。

マヤちゃん先輩も笑って聞いてくれている。

「高良」

マヤちゃん先輩がふっと表情を変えた。

「なに？」

「サンキュウな。お前、まじでいいやつ」

苦み成分のまじった優しい笑い方。嬉しい。でも、嬉しくない。格好悪い自分を救うために言葉を重ねて、結果、マヤちゃん先輩を励ました形になっただけだ。自分は『いいやつ』なんかではないし、『いいやつ』だと思われたくもない。だってマヤちゃん先輩が好きなのは『いいやつ』ではなく『悪い男』だからだ。

「……じゃあ、俺、そろそろ帰るよ」

やや唐突だったのに、マヤちゃん先輩はあっさりうなずいた。

家まで走りながら、よりハッキリ浮かび上がったマヤちゃん先輩の輪郭を反芻《はんすう》した。マヤちゃん先輩は一見強気だけど、惚れた相手にはかなり尽くすタイプのようだ。

――俺なら、もっと大事にしてあげるのに。

無意味な仮定だ。マヤちゃん先輩が好きなのは、いいかげんで人の心がわからないアホの諏訪で、自分がなにを言ってもどうせ蚊帳《かや》の外だ。無性に怒りが湧《わ》いてくる。アホの諏訪には当然。そんなアホに惚れているマヤちゃん先輩にも。割り込みたいのに割り込めない外野な自分にも。ムカムカしすぎて、もう自分の気持ちをごまかせない。

マヤちゃん先輩が好きだ。

好きで、好きで、自分のものにしたい。

ちょっと憧れてるだけとか、そんなずるい言い訳はもうできない。らしくない困った顔で首をかしげたマヤちゃん先輩を思い出すと、ぎゅうっと肺ごとしぼられるみたいに息が苦しくなる。苦しくて、それを逃がすように力強く足を踏み出す。

家についたときはほとんど全力疾走になっていて、新聞を取りに出てきていた母親が振り向きざま「きゃっ」と声を上げた。顎先から汗を滴らせる息子をぽかんと見つめる。

「どうしたの、そんな赤鬼みたいな顔して」

「別に。ちょっと真剣に走りすぎただけ」

短い言葉にもぜいぜいと息が途切れる。

「毎日続いてて偉いわね。お母さんもたまには一緒に走ろうかな」

お父さんの晩酌につきあってると太っちゃうのよ、でも晶太郎のスピードにはついていけないかしらと、庭を横切りながら母親はひとりで話している。

「……母さんさ、なんで父さんを好きになったの」

まだ整わない息で問うと、「え？」と母親が振り向いた。

「なに、急に」

「教えて。母さんが父さんを好きになった決め手ってなに」

自分でもわけがわからないなと思いながら、どうしても聞きたかった。

「かわいかったからよ」

小一の足し算並みの答えに、聞いたことを後悔した。しかし母親の方はエンジンがかかってしまったらしく、昔を思い出すように胸に手を当てて目を閉じた。

「初対面のときのお父さん、ラクダみたいでとてもかわいかったわ」

父親はぱっちりとまつげの長い、でもどこか眠そうな優しい風貌《ふうぼう》をしている。

「ラクダはかわいいけど、ラクダに似た男ってどうなんだろう」

「お母さんはかわいいと思ったんだからいいでしょう」

個人の主観を持ちだされては太刀《たち》打ちできない。でも結局そうなのだ。恋愛は個人の思い込みで、ラクダに似ている父親を母親はかわいいと思ったのだし、あんないい加減な諏訪だけど、マヤちゃん先輩は好きなのだ。理不尽だがしかたない。

「どうしたの。急にそんなこと聞いてきて」

「なんでもない。ちょっとどうだったのかなと思っただけ」

シャワーを浴びに母屋に向かったときだ。

「晶太郎、もしかして好きな子ができたの？」

どきっとしたが、「え？」ととぼけた風を装って振り向いた。

「ねえ、どんな子？」

「いや、別にいないし」

「隠さなくてもいいじゃない。高校生なんだから好きな子くらいいないと困るわ」

言われてみればそうだ。

「かわいい？」

「聞いてどうするの？」

「どうもしないわ。晶太郎と同じで知りたいだけよ。お母さんだって正直に話したんだから晶太郎も早く教えなさい。ほら、お母さんだって朝ご飯の支度があるんだから」

早く早くと急かされ、高良は溜息をついた。

「すごく綺麗な人だよ」

まあ……と母親の目が嬉しそうに輝いた。

「授業とか平気でサボるし、禁止されてる原チャリで通学するし、口と一緒に手や足が飛んでくるような乱暴な人だけど、話してみるとすごく優しい人なんだ」

それに家族を大事にしていて、家の事情も自分の役割もわかっていて、自分のことは後回しでがんばっている。同じ高校生なのに、苦労知らずの自分や脳天気な諏訪の何倍も人間として出来がいい。恋愛という一部分を抜かせば、だけど——。

「晶太郎」

意識を戻すと、訴えるような母親と目が合った。

「女の子はね、顔だけじゃないのよ」

「は?」

「いくら顔が綺麗でも、その……もっといい子がいるんじゃないかしら」

「ラクダの父さんをかわいいと思った母さんに言われたくないんだけど」

「お父さんは中身もとっても素敵だったのよ」

「マヤちゃん先輩だってすごく——」

「君たち、朝から込み入った話をしてるね」

ふいに声がして振り向くと、父親が縁側で伸びをしていた。

「お父さん聞いて。晶太郎、美人だけど不良の女の子が好きなんですって」

「へえ、髪の毛チリチリで暴走族とかに入ってるのか?」

何百年前のイメージだよと高良は説明する気力をなくした。

「もういい、シャワー浴びてくる」

踵を返すと、父親が背後でしみじみと呟いた。

「まあ、美形に弱いのは俺の遺伝かもしれないなあ」

「いやだわ、お父さんたら」

母親の嬉しそうな声が重なり、うちは平和すぎる……と高良はしょっぱい気持ちで母屋に入った。

もちろん平和なことはいいことなのだが——。


「よ、高良」

昇降口で靴を履き替えていると、諏訪に出くわした。

「なあなあ、今日の弁当のおかずなに？」

肩に手をかけられたが、「さあ、知らない」と冷たく告げた。

「今日メシ食ってきてないんだよ。昼おごってやるから弁当よこせ」

「コンビニでなにか買ってきたらいいだろう」

「時間ねえんだよ。一時間目から小テストだし」

ケチケチするなと鞄の持ち手を引っぱられ、高良は負けじと引っぱり返しながら足で諏訪の向こうずねを蹴っ飛ばした。いてえっと声が上がる。

「なにすんだ、てめ」

「うるさい、お前にやる飯はない。飢えろ」

「マヤちゃんみたいなこと言いやがって。お前ら同盟か」

「うるさい、それよりちゃんと向こうとは別れろよな」

「お前には関係ありませーん」

諏訪はべろっと舌を出し、ふと脇を通り過ぎた女子生徒に目をやった。「つぐみ」と名前を呼ぶと女の子が振り返った。確か諏訪のクラスの女子だ。

「つぐみ、頼む、弁当恵んで」

「はあ？　朝からなに言ってんの」

「腹へって倒れそうなんだよ。頼む、俺にはもうお前しかいない」

わざとらしくよろめきながら、女の子の肩に覆いかぶさる。女の子はやめてよーと叫んでいるが、声がはしゃいでいることはかくせない。諏訪が女の子の鞄を取り上げ、中からピンクの布に包まれた弁当を取り出した。

「獲ったどーっ」

諏訪が勝利の雄叫《おたけ》びを上げる。返してよと手を伸ばす女の子の肩を抱き、「お前にも半分やるから」と笑いかける。「あたしのなんですけど」と文句を言いつつ、女の子は諏訪の手を払いのけることもなく、ふたりで恋人同士みたいに廊下を歩いて行った。

「諏訪くん、朝からテンション高すぎじゃない？」

「子供みたいだよね」

様子を見ていた女の子たちが、くすくす笑いながら通りすぎていく。悪口なのに、甘い口調の余《よ》韻《いん》が声にならない気持ちをささやきあっている。でも憎めないよね。なんかかわいいよね。一緒にいると楽しいよね。甘え上手だし。口説き上手だし。顔もいいし。

——そりゃあ、マヤちゃん先輩も好きになるよな……。

中学でも高校でも、諏訪タイプのやつはみんなモテていた。それに比べて自分は飛び抜けてかっこよくなく、笑われるほどださくなく、ごくごく普通。やはり制服は残酷だ。同じデザインなのに、どこかイケてる組とイケてない組にわかれてしまう。

「なにぼけっとしてんだよ」

後ろから声をかけられた。振り向くとマヤちゃん先輩がいた。

「さっきはどーも」

照れ隠しなのか、マヤちゃん先輩は明後日の方を向いて呟く。いつもと同じ、やや左に傾いた姿勢。アンバランスさが目を惹く独特の立ち姿にぼんやり見とれた。

「マヤちゃん先輩、なんでそんなにかっこいいの？」

「は？」

マヤちゃん先輩がこちらを向いた。

「どしたの、お前？」

怪訝《けげん》そうに眉根を寄せても、かっこいいものはかっこいい。

「同じ制服でも諏訪やマヤちゃん先輩はかっこよくて、けど俺そんな風に着られないし、なんでかなって、どうしたらかっこよくなるのかなって」

「好きな女でもできたのか？」

母親と同じことを聞かれ、高良は恨めしい気持ちでマヤちゃん先輩を見つめた。好きな人はいるけど女の子じゃない。今自分の目の前に立っている。

「そんなんじゃないけど、かっこいいと色々いいなと思って」

かっこよくなったら、マヤちゃん先輩は自分を男として意識するだろうか。そういう問題じゃないことはわかっているけれど。難しい顔の高良に、マヤちゃん先輩もうーんと腕を組む。

「ま、ガッコはビジュアル身分制だからな」

ズバリ一言だった。

「高良はそういうとこでは確かによえーかもな」

ズバズバッ。時代劇で袈裟《けさ》斬りされる雑魚《ざこ》侍が脳裏に浮かぶ。

「けど、そんな悪くもねえだろ」

いきなり手が伸びてきて、ばさばさと髪をかき回された。

「ほら、高良は素材はいいんだよ。ガッコ向きじゃねえだけで」

「学校向き?」

「わかりやすいかっこよさじゃないっつうか。多分、今モテてるやつより将来はお前の方がかっこよくなってんじゃねえかな。十年後楽しみにしてろよ。同窓会とか」

「十年後なんてどうでもいい」

今すぐかっこよくなりたい。マヤちゃん先輩と一緒にいる今すぐ。マヤちゃん先輩はそんなこっちの気も知らず「そりゃそうだ」と笑う。

「じゃあ、夏休みになったら高良大改造計画でもするか」

「改造?」

「俺の面子《メンツ》にかけて、高良をめちゃくちゃ女にモテるようにしてやる」

楽しみにしてろと肩を抱いてくる。でも、悪いけど女の子なんかどうでもいい。それよりも半袖から伸びたほっそりとした腕に胸が高鳴る。先に行くほど細くなる指。マヤちゃん先輩は指先まで綺麗だ。伏し目がちのまつげが長い。薄い唇。冷たそうだけど、きっとあたたかいだろう。触れてみたい。一度でいいから、触れてみたい。

「じゃ、また昼な」

腕はするりとほどけ、マヤちゃん先輩は三年の教室へ歩いてく。ぶらぶらと、軽く、空気を泳ぐように渡り廊下を歩いていく背中を見送った。

目をつぶっていても細部まで思い浮かべられる印象的な後ろ姿。

十年後なんて想像もできない。

今すぐあの背中を抱きしめられたら、死んでもいいと思った。

夏休みに入る少し前、マヤちゃん先輩は早朝のコンビニバイトを辞めた。

「他にいいバイト見つけたの？」

相変わらず屋上で、三人分広げられた弁当をつつきながら高良《たから》は聞いた。

「いや、オカンに新しい彼氏ができただけ」

円満すぎる家庭に育った高良は一瞬ぎょっとしたが、マヤちゃん先輩は慣れているようで、ハムサンドを食べながらなんでもないことのように告げた。

一時期、母親の帰りが遅かったのはアフターに励んでいたのではなく、彼氏とのデートのためだったそうだ。全くふざけた親だとマヤちゃん先輩は文句を言い、高良も心の中で同意した。諏訪《すわ》は興味なさげに漫画雑誌をめくりながらプリンアイスを食べている。そういえば、隣に諏訪がいるのに親の話をマヤちゃん先輩がするのは珍しい。

現在、マヤちゃん先輩の家には母親の彼氏も同居している。相手の男はマヤちゃん先輩の母親にベタ惚《ぼ》れで、近いうちに籍を入れるのだから生活の面倒は自分が見ると言い切り、本当に生活費を入れている。母親はスナックを辞め、あんたもバイト辞めていいわよとマヤちゃん先輩に言った。

「いい人でよかったね」

とりあえずそう言うと、マヤちゃん先輩は顔をしかめた。

「まだわかんねえよ。女にいい顔見せたいだけの男は多いからな。そういうのはたいがい長続きしねえんだ。手の平返しで早々にヒモになるかもしれないし」

我が親ながら男を見る目のなさは筋金入りなので、そう簡単に信用できないとマヤちゃん先輩は言う。さすがに苦労しているだけあって発想がシビアだ。

「ま、しばらくは俺も自由を満喫できるけど」

そのとき、隣にいた諏訪が顔を上げた。

「え、じゃあ、これからはデートし放題?」

「今までよりは」

「お泊まりもできる?」

「たまになら」

マヤちゃん先輩がニッと笑う。そうか、これを言いたかったのかと高良は納得した。

「もう、それ早く言えよ。マヤちゃん最高」

諏訪は雑誌を投げ出して、マヤちゃん先輩を抱きしめた。

自分本位なやつだと呆《あき》れながら、高良はいちゃつくふたりから黙って目を逸らした。恋人としては最低に近い諏訪だけど、マヤちゃん先輩が納得してつきあっているのだから、部外者にはなにも言う権利はない。わかっているけれどつらい。けれどそれはこちらの勝手な気持ちなので、ふたりにはなんの責任もない。

どうしてだろう。好きな人から選ばれないというただその一点において、自分にはなんの価値もない気になって、心底情けない気持ちになる。もちろんいつもじゃないし、たまにだけれど、そうなったら這《は》い上がるのに苦労する。ハート型の枠から弾かれた者だけが延々と打ちのめされる。恋愛はこの世で一番不公平で公平なサバイバルだ。

「マヤちゃん先輩、もう三十分経ったんじゃない？」

「お、んじゃそろそろ洗い流すか」

離れの壁にもたれて漫画を読んでいたマヤちゃん先輩がこっちを見た。

夏休み最初の土曜、高良はマヤちゃん先輩に髪を染めてもらった。二学期がはじまったら戻す予定だけれど、夏休みの間くらいいいだろうと話し合って決めた。髪を染めるなら服も変えようと、週末は買い物につきあってもらう約束もしている。

「どうしたの？　シャワー行こうよ」

玄関で振り返り、まだ部屋で雑誌を読んでいるマヤちゃん先輩に声をかけた。

「いいよ、俺は。お前だけ行ってこい」

「えー、不安だからついてきてよ。それに母さんが昼飯も用意してるし」

「……けど」

なんとなく遠慮がちなマヤちゃん先輩を急《せ》かして、高良は母屋へ行った。石造りの広い玄関で、「お邪魔します」とマヤちゃん先輩は小さな声で呟《つぶや》いた。廊下の奥にある風呂場で薬剤を洗い流している間、マヤちゃん先輩は洗面所で携帯をいじって待っていた。

「なんか、あんまり変わってない気がする」

鏡の前で髪を一筋持ち上げてみると、「濡《ぬ》れてるからだ」とマヤちゃん先輩がドライヤーのスイッチを入れた。自分でやると言ったが、任せろよと言われた。マヤちゃん先輩の手が器用に髪に動きを作っていく。乾かし終えたときには、今までと違う自分がいた。

「あらー、晶太郎《しょうたろう》かっこいいじゃない」

ふいに洗面所に声が響いた。母親が興味津々《しんしん》でやってくる。

「今までも男前だったけど、ぐんとおしゃれな感じがするわ。ねえねえお父さーん」

母親は嬉《うれ》しそうに父親まで呼び、顔を出した父親は「お」と目を見開いた。かっこいいでしょうとはしゃぐ母親に、雑誌のモデルみたいだなと父親が返す。マヤちゃん先輩の前で親馬鹿を炸裂《さくれつ》させるふたりが恥ずかしく、高良はじわじわと頬を赤らめた。

「晶太郎のお友達ね。素敵にしてくれてありがとう」

母親がマヤちゃん先輩に挨拶《あいさつ》をした。

「……ども、真山《まやま》です」

「友達じゃなくて先輩だからね。俺のいっこ上」

「じゃあ三年生か。いつも晶太郎がお世話になってます」

父親が頭を下げると、マヤちゃん先輩は「あ、いえ、別に世話は……」といつになくへどもどしていて、居心地が悪そうなのでもう連れ出すことにした。

「マヤちゃん先輩、行こう」

シャツを引っぱると、マヤちゃん先輩は両親に軽く頭を下げてついてきた。

「あ、晶太郎、縁側に頼まれたもの出しといたわよ」

母親が声を張る。縁側に行くと、小さいころ高良が使っていた三輪車とおもちゃがつまった段ボール箱が置いてあった。マヤちゃん先輩が結構あるなあと手に取る。

「ほんとにもらっていいのか？」

「うん。どうせもう使わないから」

「まじ助かる。これで鈴樹《すずき》と清水《しみず》の三輪車戦争も終結するな」

先日ふたりが三輪車の取り合いをして困ると聞いたので、自分が昔使っていたものがあるからあげると約束したのだ。おもちゃは母親がついでに出してくれたらしい。

「全部男用だけど、ちっちゃいときって男も女もそんなに違わないよね。三輪車の色も黄色だし、おもちゃも鈴樹ちゃんも清水くんもどっちも使えると思う」

「はは、この刀とか鈴樹の方が喜びそう」

プラスチック製の日本刀をマヤちゃん先輩がびゅんと振る。

「けどすげえなあ。ちゃんと大事に残してあるんだな」

「母親がなんでも取っておく人なんだよ。役に立ってよかった」

縁側で話していると、母親が昼食を盆にのせて運んできてくれた。カリカリ梅のみじん切りとシラスをまぜたおにぎり。十六穀米なので赤飯みたいな色でもちもちしている。それと魚のすり身やキュウリの入った冷汁。大葉のみじん切りが入っただし巻き玉子。

「あ、これすげえうまい。なに」

おにぎりに添えられている漬け物を、マヤちゃん先輩がぽりぽりとかじる。

「スイカの皮の漬け物」

「スイカ？　そんなもん漬けもんになるのか」

「母さんが漬けてるから俺はよく知らないけど、うちは夏は昔からよく出るよ」

「……すげえ。漬け物までつける母ちゃんか。いや、まじすげえ」

マヤちゃん先輩がまじまじと漬け物を見つめる。マヤちゃん先輩の母親は家事全般が苦手で、夕飯は中学に上がったころからマヤちゃん先輩が作っているらしい。

「ご飯まで作れるなんて、マヤちゃん先輩の方がすごいじゃないか」

高良はせいぜいカップラーメンに湯を注ぐ程度だ。

「作るっても適当だよ。だからこういうちゃんとした飯見ると、鈴樹と清水がかわいそうになってくる。俺が作るマズ飯ばっか食わされて、あいつら将来味音痴になんじゃねえか」

「そんなことないよ。優しいお兄さんに感謝するいい子に育つと思う」

笑いかけると、マヤちゃん先輩はなんとも言えない顔をした。

「なに？」

「……お前さ、そういうこと真顔で言って恥ずかしくねえの？」

「え？」

自分はなにかおかしなことを言っただろうか。

「いや、駄目ってんじゃなく、なんか教科書みたいっていうか」

つまり四角四面で面白みのない男ということか。高良は顔に出さずに落ちこんだ。

「けど、お前はそのままがいいかな。ちょっとだせーくらい優等生でさ」

とどめを刺され、今度こそ高良は地の底までめり込んだ。好きな人に言われてへこむ言葉ランクイン。『だせー』『だせー』『だせー……』頭の奥でエコーがかかって反響する。

「なんか一緒にいると安心すんだよ」

「……そう？」

それなら喜んでいいのかもしれない。少し浮上した。

「もしお前とつきあったら、すげえ楽ちんだったろうなあ」

心臓が大きく揺れた。もし俺とつきあっていたら？　もし？　もし？　マヤちゃん先輩がその気なら、自分はいつでも受けいれる。諏訪と喧嘩になっても構わない。

「じゃあ、ためしにつきあってみる？」

声が若干うわずった。生まれた沈黙に心臓が破裂しそうに苦しくなる。しかしマヤちゃん先輩はハハッと笑っただけで、縁側に後ろ手をつき空に向かって目を細めた。

「あー、お前んちって、まじいいなあ」

——スルーか……。

肩が落ちたが、まあしかたない。自分はゲイだとカミングアウトもしていないし、単なる冗談だと思われたんだろう。そもそも『楽ちん』という表現自体が恋からはかけ離れている。恋愛感情がない相手だからこそ安心するのだ。高良はちらりと隣を盗み見た。夏の強い日差しに茶の髪が透けて、鼻の頭に汗をかいている。氷の入ったグラスについた水滴みたいで、汗をかいていてもマヤちゃん先輩は涼しげに見える。

「お前も、お前の家も、お前の親も、なんか全部ほっこりすんなあ」

「そう？」

「俺ガラわりーしさ、もっと嫌な顔されると思ってた。お前んち、医者で金持ちだし」

ああ、だから母屋にくるのを嫌がっていたのか。

「気に入ったなら、もっと遊びにおいでよ」

マヤちゃん先輩はそうだなと笑い、縁側に仰向けに身体を倒した。そのまま気持ちよさそうに目を閉じる。夏休みの太陽にさらされた寝顔はいつもより幼く見えた。

「あー……、ここまじ天国」

台所から母親が小さく歌う声が聞こえる。幼いころ、子守り歌代わりに聴かされたララバイ・オブ・バードランド。塀の向こうを車が走っていく。庭のヤマボウシでセミが鳴いている。色んな音が混じり合って、それごと全部含んで静かな午後だ。ずっとこうしていられればいいのに。そう願ったとき、門から自転車が入ってきた。

「わりー、遅くなった」

諏訪の声。マヤちゃん先輩は猫みたいに敏感に反応して身体を起こした。

「てめえ、なにしてたんだよ」

「ごめんごめん、お、高良、髪いけてんじゃん」

にぎやかに話しながら諏訪はマヤちゃん先輩の隣に座った。本当は諏訪も朝からくる予定だったのに、直前に用事ができたから先やっててくれとメールが入った。どうせなら一日用事でもいいんだぞと思ったことは秘密だ。恋は友情を薄情にする。

「ところで、ふたりに相談あるんだけど」

諏訪が身を乗り出してくる。

「なんだよ」

「みんなで海のペンションでバイトしないか？」

「ああ？　やっとバイトから解放されたのに」

マヤちゃん先輩が顔をしかめた。

「けど泊まり込みだから宿泊代いらないし、メシも出るし、目の前海だし、夜とか休みの日は泳ぎ放題、遊び放題。二週間終わったら金までもらえる」

諏訪の友人の親の知り合いの親戚がやっているペンション――という限りなく赤の他人から回ってきた話で、予定していた高校生のアルバイトたちが補習でこられなくなった代わりの急遽《きゅうきょ》の募集だという。バイトだけなら心を動かされなかったろうが、マヤちゃん先輩と二週間も一つ屋根の下という状況を想像して高良の胸はさわいだ。

「ふうん、なんかキャンプみたいで楽しそうだな」

マヤちゃん先輩の口調もどこか浮かれていて、一層心を動かされた。高良も親に相談してＯＫが出たら行くということで話はまとまり、高良は諏訪の飲み物を取りに台所へ行った。背中で「マヤちゃんとずっと一緒なんて天国みたいなバイトだよ」と諏訪のささやきと、「ばーか」というマヤちゃん先輩の照れくさそうな声が聞こえた。

高良がマヤちゃん先輩と一つ屋根の下を喜ぶように、マヤちゃん先輩は諏訪と一つ屋根の下を喜んでいる。永遠に追いつけないメリーゴーラウンドに乗せられているような気分だ。冷蔵庫からコーラを出していると、諏訪が腹へったと入ってきた。

「高良、なんか食うもんない？」

言いながら、めざとくラップをかけられている梅シラスおにぎりを見つけ、いただきまーすと勝手に食べた。恋敵なのに憎めないやつだ。これも飲めよと冷汁を出してやったとき、ふと諏訪の首筋に赤いものを見つけた。虫さされかと思ったが違う。

「……お前、用事ってなんだったの？」

「え、ああ、ツレとちょっと——」

諏訪は適当なことを言いかけ、けれど途中で高良の視線に気づき、やべえという顔をした。

「なんかついてる？」

ごまかすように問われて怒りが湧《わ》いた。九割ばれていたとしてもそこはとことんしらを切れ。自爆して楽になろうと思うな。

「前にカラオケ屋で会った子か？」

諏訪はへらへら笑って答えない。恐らくホテルか相手の家か、とりあえず昨日からお泊まりをして、だらだらいちゃついて朝の約束に遅れたのだろう。

「別れろって言っただろう」

「そのつもりだったけど、向こうが納得しなくてさ。それにマヤちゃんバイト辞めてもっと遊べるかと思ったのに、結局弟や妹の世話があってそれほど会えねえし」

言い訳になるか。瞬間膨れあがった怒りを我慢できなかった。

「いらないいなら、俺がもらうぞ」

「へ？」

諏訪が高良を見上げる。脳天気な顔が腹立たしい。高良は諏訪の手から食べかけのおにぎりを奪い、自分の口に放り込んだ。続けて冷汁もゴクゴクと飲み干してしまう。

「ちょ、待て待て。食うから、もらってくれなくていいから」

この大馬鹿野郎には、自分の言葉の意味は一生理解できないだろう。


海辺を走るバスの中は、冷房がかかっているのにどこの窓も少しずつ開いているせいで蒸し暑かった。高良は潮の香りのする風を吸いこんだ。

前の座席では、諏訪がさっきからずっとさわいでいる。「海だ、マヤちゃん、海だ」見たらわかることを、何度も隣に座るマヤちゃん先輩に繰り返している。正直うるさい。けれど諏訪が「海だ」と繰り返すたび高良のテンションもひそかに上がる。

海辺のペンションで泊まり込みのバイトをしたいという相談に、両親は消極的にだが賛成してくれた。髪を染めたことなどを考え併せると親として危惧《きぐ》もあったろうけれど、最後は子供の自主性を尊重してくれた。以前にバイトをしたいという願いをやんわり却下したあとだったので、二度も却下するのは気がとがめたというのもあったと思う。

「マヤちゃん、酢昆布食う?」

前の座席で諏訪が甘い声を出す。

「いらない。酸っぱいの苦手」

「俺は酸っぱいの食べて嫌な顔するマヤちゃんが見たい」

「ざけんな、あ、ちょ、んん～～っ」

無理に口に入れられたのか、シートにかくれて映像が見えない分、変に色っぽいマヤちゃん先輩の声にどきっとした。ふたりにとっても初旅行――バイトだが――なので浮かれるのはしかたないが、もしやこれから二週間、ずっとふたりがいちゃつくのを見せつけられるのだろうか。昂《たか》ぶっていた気持ちがやや しぼんだが、それは杞憂《きゆう》だった。

駅から十分程度バスに揺られた海辺に、ペンション『シーサイドムーン』はあった。ラブホのような名だが、真っ白なコテージ風の外見に「いいねー夏だねー」と三人で盛り上がっていると、建物からいかつそうな男がでてきた。

「お前らが代わりのバイトか。うちは今まさにかきいれどきやからな、遊んでる暇なんかあらへんさかい覚悟しとけや。ダラダラしとったらパッツーンいかれんでえ」

ヤクザかと見紛うばかりの三十半ばくらいの男で、ペンションのオーナーの矢沢永二《やざわえいじ》だと自己紹介された。矢沢永吉《やざわえいきち》と一字違いやろ、惜しいやろと言われ、高良は誰それとぽかんとして返事ができず、マヤちゃん先輩は「うっす」と適当に返し、諏訪は「GTOっすね」と余計なことを言って「あれ鬼塚《おにづか》やんけ」としばかれていた。

関東圏なのになぜかバリバリ関西弁のオーナーに案内され、ペンションの裏手にあるオーナーの家の一角、バイトが寝泊まりする部屋に連れていかれた。八畳間で両端にベッドがひとつずつ、あとひとりは真ん中に布団を敷いて寝ろと言われた。昔は物置に使っていたとオーナーが言うように、窓は小さく高い位置にひとつしかない。

「なんだよここ、ペンションじゃなくて収容所の間違いじゃないのか」

「いや、俺もこんなとこだって聞いてなかったし」

諏訪とヒソヒソささやきあっていると、廊下から「はよせんかい。荷物下ろすだけでそないモタモタしとったら日い暮れてまうど」と怒鳴り声が飛んできた。慌てて廊下に出て整列すると、オーナーは腕組みで三人の顔をじろじろ眺めた。

「せやなあ。諏訪は愛想がよさそうやから海の家行きや。真山はおねーちゃん受けしそうやからペンションの表仕事。高良は真面目そうやから裏で風呂掃除や」

なかなか的確な人選だった。とりあえず三人バラバラにされ、高良は言いつけられた通り風呂場へ行った。家庭用の風呂よりは大きいが、四、五人入ったらいっぱいなタイル張りの風呂場をデッキブラシでこすっていく。途中すべって腰を打った。

生まれて初めての風呂洗い。懸命にやったが、オーナーからはやり直しと言われた。「排水口の髪の毛が取れてへん」「カランや鏡の湯垢《ゆあか》も拭《ふ》かんかい」と粗を指摘され、すいませんと頭を下げると「家の手伝いしたことないんかい」と軽く頭をしばかれた。

もう一度掃除に取りかかるが、どうしても他人の髪の毛にさわれない。オーナーにナイロン手袋を借してほしいと頼みにいったが、どこのボンボンやねん、気合い入れんかいと却下された。とぼとぼと風呂場に戻り、排水口の前で膝を抱えているとマヤちゃん先輩がやってきて、これ使えよとナイロン手袋をこっそり渡してくれた。

「掃除用具入れにあったから。素手で排水口はきついよな」

見つからないようにしろよと言い置き、マヤちゃん先輩は仕事に戻っていった。めちゃくちゃ感謝すると同時に、恥ずかしかった。子供のころから優等生だった自分が風呂掃除すら満足にできないなんて。家の手伝いしたことないんか、ボンボン、というオーナーの言葉が胸に突き刺さる。確かにその通りだ。高良はきっと顔を上げた。

——くっそー、やってやる。やってやる。やってやるぞ。

差し入れてもらったナイロン手袋を使わず、高良は排水口の蓋《ふた》をあけて素手をつっこんだ。ぬめった感触に鳥肌が立つ。でも気合いだ。気合いだ。気合いで勝負だ。

風呂掃除にＯＫが出たあとは、マヤちゃん先輩と海水浴から帰ってきた客のタオルや水着を洗った。小学生とはいえ女の子の水着を干すときは顔が赤くなった。もたもたする高良の隣で、マヤちゃん先輩はすいすいと洗濯物を干していく。小さな妹や弟がいるので慣れているのだという。洗濯物が終わると次は客の夕飯準備だ。

「ボケエ、そない剝《む》いたら実がのうなるやろ！」

ジャガイモの皮を剝いたら三分の二ほどのサイズになってしまい、高良はここでもオーナーにどつかれた。マヤちゃん先輩は隣で鮮やかに包丁を使っている。途中で別経営の海の家に行っていた諏訪も帰ってきて、手早く皿や箸《はし》の準備をしていく。そういえば諏訪はファミレスのバイトをしていたことがあった。みそっかすは自分だけだ。

客の食事が終わり、片づけを終えたら八時すぎ。それからようやく高良たちも夕飯にありつける。ペンションの食堂は客たちがくつろいでいるので、従業員は裏手にあるオーナーの家で夕飯を食べる。ダイニングと続いている居間では、先に食べ終えたオーナー一家がテレビなどを観ていて、高良はちょっと落ち着かない気分だった。

「労働のあとのメシ最高、魚うまい、さすが海の町」

煮付けやイカの刺身などを、大盛りのご飯と共に豪快に口に入れていく諏訪の隣で、高良はぽつぽつと酢の物などを食べた。アホ、ボケ、カス、といまだかつて言われたことのない罵倒《ばとう》を嵐のように浴び、さすがに落ちこんでしまった。

「あんま気にすんなよ。初日にしてはお前よくやってたぞ」

諏訪に慰められ、恥ずかしさに拍車がかかる。

「つうかできなくてもいいじゃねえか。洗濯や掃除ができなくても、高良のスーパーボンボン医者人生になんの支障もねえだろ。家事全般、お前は将来金で解決できる」

マヤちゃん先輩も慰めてくれるが、全く慰めになってない。

「ま、やってるうちにコツがわかってくるから落ちこむな。それよりメシはちゃんと食っとけよ。明日は六時起きって言われてるし、食わねえと身体もたねえぞ」

ほらとマヤちゃん先輩が刺身をご飯茶碗に入れてくれる。

「ごめんね、あの人、人使い荒いから。みんなご飯たくさん食べてね」

途中で奥さんがきてくれて、ご飯と味噌汁のおかわりをよそってくれた。オーナーは元々大阪《おおさか》の人で、学生時代ここにバイトにきたとき、看板娘の奥さんと恋に落ちて婿《むこ》養子に入ったのだという。

矢沢永吉と大阪が大好きで、こっちにきてもう十年以上経つのに大阪弁を貫き通しているのだと、奥さんは味噌汁をよそいながら教えてくれた。

「関西弁ってリアルに聞くと怖いでしょう。でも根は優しい人だから」

はは……と三人は曖昧《あいまい》な笑いで応えた。夕飯の後片付けをしていると、それ終わったらお風呂使ってねと奥さんに言われ、高良の鼓動は急激に速まった。

――風呂……。

ペンションの風呂は四、五人は入れそうだったので、恐らく三人で入ることになるんだろうけれど、諏訪とマヤちゃん先輩は恋人同士だ。恋人の裸を他の男に見られるのはいくら諏訪でも嫌なんじゃないか。しかし高良の場合は同性が好きだとカミングアウトしていないので、ふたりからすると自分は人畜無害な友人ポジションだ。

でも実は自分はマヤちゃん先輩を好きなのだし、それを隠して一緒に風呂に入り、一糸まとわぬ姿を見るなんて犯罪じゃないか？　マヤちゃん先輩が女子なら普通に「きゃー、変態！」な状況なわけで、それにマヤちゃん先輩の裸を見て下半身が反応しない自信がない。やめよう。やっぱり駄目だ。どうにか理由をつけて自分だけ別風呂にしよう。

しかし高良の悩みはあっさり解決された。ペンションの風呂は完全お客さま用で、バイトはオーナーの家風呂を借りてひとりずつ入浴するのだと言われたからだ。

「せっかくマヤちゃんとお風呂エッチしようと思ったのに」

収容所――こんな名前がついた――で風呂の用意をしながら諏訪がぼやく。

「アホか、高良もいるだろ」

マヤちゃん先輩が返すと、諏訪は悪びれずに言った。

「高良には前の廊下で見張りを頼むに決まってんじゃん」

諏訪を殴りたい衝動をこらえながら、高良は心の底からホッとした。もしペンションの風呂が使えていたら、ふたりが入っている間、きっと自分は妄想と嫉妬《しっと》の渦で悶《もだ》えまくったはずだ。そんな目に遭わずにすんで本当によかった。

それからひとりずつ風呂に入り、やっと一息ついたときは十一時だった。

「ベッドどこにする。ジャンケンしようぜ、ジャンケン」

慣れない労働でクタクタの高良を尻目に、諏訪は元気だ。最初はグーと声を上げる。高良は右側のベッドに転がりながら、適当にパーを出した。マヤちゃん先輩もパーで、諏訪だけがグー。文句を言うかと思ったが、諏訪はしゃあねえなあとあっさり押し入れから布団を出して床に敷いた。

――もしや真ん中をいいことに、マヤちゃん先輩にちょっかいを……。

と疑ったのだが、そんなことはなかった。電気を消し、枕元のライトだけつけると、白熱灯の柔らかな明かりで収容所もいくらか雰囲気が出た。すぐにウトウトする高良とは違い、体力の余っている諏訪は延々とどうでもいいおしゃべりを続ける。

昼間、諏訪は愛想を買われて別経営の海の家へ手伝いに行っていた。水着のおねーちゃんが山盛りだったとか、注文のときに携帯の番号を渡されたとか、恋人の無神経な発言にマヤちゃん先輩は「へえ」とか「ふうん」と寛容にあいづちを打っている。マヤちゃん先輩が怒らない分、余計に腹が立ち、高良は「うるさい、静かにしろ」と手を伸ばして諏訪の頭を叩《たた》いた。

「なんだよ、いいだろ、初日なんだし」

文句を言う中、マヤちゃん先輩がごそごそと自分の鞄《かばん》をあさりはじめた。携帯にイヤホンをつなげ、ほらと諏訪に片っぽを渡す。すぐにシャカシャカ音が漏れてくる。右耳と左耳、イヤホンを半分こにして同じ音楽を聴いているのだ。

——それをやるか。俺の前で。

高良は奥歯を嚙《か》んだ。中学のとき、電車のシートに並んで座っているカップルが、イヤホンを半分こにして、手をつないで目をつぶっていた。それを見て以来、イヤホン半分こは高良の『いつか恋人としたいラブラブなこと』のひとつに入っている。

多分、マヤちゃん先輩は疲れている高良のために、諏訪のおしゃべりをやめさせようと気を遣ってくれたのだろう。気持ちはすごくありがたい。でもつらい。なんてうらやましいんだ。くそ、くそ。ひとりで拗《す》ねていたのだが、破綻《はたん》はすぐにやってきた。

「マヤちゃん、曲変えて。マンウィズ入ってたろ」

「俺は今クリープな気分なんだよ」

ふたりは選曲をめぐって言い合いをはじめた。マヤちゃん先輩も音楽は結構聴く人で、珍しく譲らない。変えて、嫌だ、趣味悪い、どっちが、とさっきよりもうるさい。

「どっちでも似たようなものだろ」

高良が仲裁に入ると、声をそろえて「全然違う」と返された。喧嘩するほど仲がいいと言わんばかりの息の合いようにむっとし、高良は手を伸ばして諏訪の耳からイヤホンを引っぱった。続いて「あ」というマヤちゃん先輩の声。ジャックごと携帯から抜け、室内に激しいギターの音が溢《あふ》れ出す。慌ててマヤちゃん先輩が音を止めた。

「壊れたらどうすんだ」

「ごめん。でもふたりとも、ちょっと黙って耳澄ませてみたら」

高良はシーッと人差し指を立て、枕元のライトを消した。しばらくすると、ザザッというかすかな音が空気に混じった。「あ」とマヤちゃん先輩が呟く。

「……波じゃん」

「そういや、前の道下りたらもう海だもんな」

窓が小さくひとつしかないせいで、いつもの自分の部屋よりも夜が濃く感じる。暗闇の中にかすかに打ち寄せる波音。終わりのない繰り返しを不思議とうるさいと感じない。音のある静寂だ。

「あー……、なんか海って感じ」

「うん、すっげえ海っぽい」

マヤちゃん先輩と諏訪がぽつぽつ呟く。波音に紛れるような音量だ。

「明日、遊ぶ時間あるかな？」

高良も会話に混じった。

「ＧＴＯの気分次第じゃね？」

「ＧＴＯじゃないだろ、なんとか永吉って言ってたじゃないか」

「知らねえもん、グレートティーチャーオニヅカの方しか」

だよなーと三人で笑い合った。その笑いも波音に吸いこまれていく。

「……なんだろ。今、すごい楽しい」

寝心地のよくないベッドに仰向けで、高良は呟いた。

「一日でヘロヘロになったくせに？」

諏訪がおかしそうに言う。マヤちゃん先輩の密《ひそ》やかな笑い声も聞こえる。

「うん、そういうのも楽しい。アホとかボケとか大人に言われたの初めてだし、排水口に手つっこんだのも初めてだし、半泣きになったけど、でも楽しい」

こんなにコキ使われたのは初めてで、どれも満足にできなくて、失敗ばかりで怒鳴られて、ヘトヘトになって、きっとひとりだったら奈落《ならく》級にへこんでいた。でも諏訪もマヤちゃん先輩もいるから楽しい。みんなで笑っていると、明日もがんばろうと思える。

「花火したいな。浜辺で。帰るまでに」

高良が呟くと、「いいねー」とふたりも同意した。

ロケット花火を海に飛ばしたい。

ドラゴンをぶっ放そう。

線香花火で情緒も味わいたい。

情緒ってなに？

くだらないどうでもいい話で笑い、気づかないうちにまた波の音は聞こえなくなっていた。しかたない。黙ってずっと波の音に耳を傾けていられるほど、自分たちはまだ長く生きていない。笑って、話して、また笑って、そのうち眠たくなる。

意識が落ちる寸前、今日一日、働いてばかりで海辺の風景を少しも見ていなかったことに気づいた。明日は見られるかな。見られたらいいな。波音に混じってふたりの寝息が聞こえた。

ロングヘアの女の人は好きじゃない。排水口を掃除するたびそう思う。相変わらずぬるぬるしていて気持ち悪いけど、一週間も経つとなんとか我慢できる程度になった。人間はなんにでも順応していく生き物なのだと、高良は身を以《もっ》て理解した。

この『身を以て』というのが大事だ。机に向かって教科書を開いても、PCでサイトを検索しても、排水口掃除のぞっとするような嫌悪感はわからない。そんなもの知りたくもなかったが、それを知らないと掃除する人の苦労もわからないわけで、母さんいつもご苦労さまですと親に感謝の念まで湧いたりして、人生初のバイトはなかなか楽しい。

風呂掃除を終え、次は洗濯物を干しに裏に回った。女の子のピンク色の水着だってもう平気で干せる。バスタオルを竿《さお》にかけようと顔を上向けたとき、きつい日差しに射られて目を眇《すが》めた。海辺の太陽は、高良が生まれ育った街より粗野で力強い。

最後のバスタオルを干し終え、目を閉じて太陽を浴びた。だんだん意識がぼうっとしてくる。裏手の山ではものすごい激しさで蟬《せみ》が鳴いている。ギャリギャリギャリと薄いガラスをこすり合わせているような音。真っ青な空、分厚い入道雲。白く乾いた土と足元の黒い影。

「日射病んなるぞ」

ふいにマヤちゃん先輩の声がして、後ろから麦わら帽子をかけられた。

「干すの手伝おうと思ったけど……」

マヤちゃん先輩がちらっと洗濯カゴを見る。中身は空だ。マヤちゃん先輩がぐっと親指を立てる。応えるように高良も親指を立て、笑ってハイタッチを交わした。

「それで昼の仕事終わりだろ。休憩どうする？」

マヤちゃん先輩は日差しでボロボロに焼けたベンチに腰を下ろした。ペンション組は朝食の支度や片づけ、各部屋と公共スペースの清掃などで一旦休憩。夕飯の支度がはじまる四時まで自由の身となる。高良はマヤちゃん先輩の隣に腰かけた。

「沖の岩場に行こうよ。小魚が棲《す》んでるって昨日奥さん言ってたし」

「高良は泳ぐのうまいよな。見かけによらず」

どうせと高良は拗ねる真似をした。でも昔から泳ぎは得意だ。

「そういえば、夏の家族旅行も海が多かったな」

「どこ行くんだ」

「沖縄《おきなわ》とかハワイとか。一回奮発してタヒチも行った」

「すげえな。うちは最高で福井《ふくい》止まりだ。それも毎年変わるオカンの彼氏つき。俺は正直うんざりだけど、鈴樹や清水は家族旅行楽しみにしてるし」

俺もハワイ行きてーと、マヤちゃん先輩が足をばたつかせる。ハーフパンツから伸びるすんなりと細い足。右の膝小僧《ひざこぞう》に古傷がひとつある。バイクでこけた痕らしい。真上から照りつける日差しに影も長くは伸びない午後、子供みたいにふたりしてビーサンをゆらゆら揺らしあった。

「ふたりともここにいたのか」

足音と一緒に、ひょいと諏訪が裏庭に顔を出した。

「高良、ＧＴＯが呼んでるぞ。買い出しつきあえって」

「ええ、休憩中なのに？」

つい不満が口をついた。けれど「高良ーっ」と表からＧＴＯの怒鳴り声が聞こえ、慌てて立ち上がった。行ってらっしゃーいと上機嫌で諏訪が手を振る。昨日は海の家が忙しく、諏訪の休憩が吹っ飛んだのだ。しかたないなと高良は表へ走った。

このペンションでは近所の農家から直接地野菜を買っている。農家によってはセルフ収穫のところもあり、高良はそのための要員だ。ＧＴＯとふたりで軽バンに乗り込み、まずはナスとキュウリをもぎに斎藤《さいとう》さんの畑へ。

先日もきたので要領は覚えている。収穫用のはさみを使ってナスを摘んでいく途中、「高良くーん」と呼ばれた。見るとＧＴＯの奥さんがこちらにくるところだった。

「近所で集まりがあったから。あとは代わるから帰っていいわよ」

なんとラッキーな。斎藤さんちとペンションは歩いてもせいぜい十分。ありがとうございますと頭を下げ、高良は海沿いの道を走ってペンションへ戻った。

きっともうふたりは海へ行っているだろう。水着に着替えて追いかけようとＧＴＯの家へ回った。田舎の家らしく不用心に開け放されたままの縁側でサンダルを脱ぐ。うるさいほどの蟬の鳴き声の中、奥から微妙にかすれた声が聞こえて高良は足を止めた。

「やめ……っ」

廊下の奥、わずかに開いた引き戸から漏れる熱のこもった声。鼓動が大きく波打ち、足音を立てないよう、ゆっくりと部屋の前まで進んでいく。

「……外に、聞こえる」

苦しそうにかすれたマヤちゃん先輩の声。

「みんな出かけてるし、大丈夫だって」

ひそめているせいで、逆に部屋の中でなにが行われているのかわかってしまう。どくどくと胸が早鐘を打つ。ここにいちゃいけない。早く立ち去るべきだ。なのに——。

ドアの隙間《すきま》からそっと中を覗《のぞ》いた。床に膝立ちで、ベッドにうつぶせているマヤちゃん先輩が見える。シャツが胸元までずり上げられて、むき出しになった胸元を背後にいる諏訪の手がまさぐっている。

「ここ、すげえ感じるようになったね」

「……うる、せ……っ」

胸元の赤い小さな粒を指でこすり合わされ、マヤちゃん先輩は背中をびくんとのけぞらせた。かわいいと諏訪が笑ってささやき、もう片方の指をぺろりと舐《な》めた。濡らした指をマヤちゃん先輩のハーフパンツの尻側に潜り込ませる。

「やめ、ん、……うっ」

「久しぶりだし、狭くなってる」

布地が出っ張ったりへこんだりするたび、マヤちゃん先輩がきゅっと唇を噛む。苦しそうで、感じているようには見えないけれど、本当のところはわからない。

これ以上見るなと理性が警告している。なのに足が床に縫い止められたみたいに動けない。目も、耳も、五感全部を釘づけにされて、背筋を汗が伝っていく。

諏訪が床に置いてある自分の鞄に手を伸ばした。中から小さなボトルを取り出す。器用に口で蓋をあけ、とろりとした液体を手の平に落とした。

「持ってきてよかった」

そう言い、片手でマヤちゃん先輩のハーフパンツを下着ごとずり下げ、露出した背後に手の平の液体をぬりこめていく。それから自分のハーフパンツの前も開けた。

「……まじやめろって。誰か帰ってきたら」

「だから、早く終わらせた方がいいだろ」

抗《あらが》うマヤちゃん先輩の腰を、諏訪がしっかりとつかんで固定する。男同士でのやり方は高良も知っている。まさか本当にするんだろうか。汗が滴るように流れ落ちる。

「離せって……んっ」

マヤちゃん先輩の息がふいに引きつった。

「……あ、ああっ」

諏訪が前に身体を倒すたび、マヤちゃん先輩がもがく。どうなっているのかシャツの裾で見えないが、マヤちゃん先輩は顔をシーツに伏せ、浅い呼吸を繰り返している。

「苦しい……」

「大丈夫、すぐよくなるよ、いつもそうだろう?」

諏訪が甘やかすようにささやき、さらに腰を押しつけていく。

「すげえ狭い。マヤちゃんサイコー」

「しゃべんな……っ、あ、あ」

ふたり分の荒い息遣いのあと、諏訪がふっと息を吐いた。

「ほら、ちゃんと入ったろ」

マヤちゃんはなにも答えない。構わずに諏訪がゆっくりと揺さぶりをはじめる。

「ん、あ……」

シーツに押しつけられて顔は見えないけれど、苦しそうな吐息が漏れる。そのうちに甘ったるい鼻声が混じりだす。熱で周りがとろけた飴玉《あめだま》みたいなそれを、高良の聴覚は丁寧にすくい上げてしまう。塞ぎたいのか、もっと聴きたいのかわからない。

「マヤちゃん、もっと足開いて。動きづれえ」

マヤちゃん先輩は無言で首を横に振る。

「駄々こねんなよ、ほら」

諏訪が身体を倒し、細いうなじに口づける。ちゅっと音を立てて肌を吸う。びくりと肩を震わせ、マヤちゃん先輩がじりじりと足を開いていく。

「いい子だね、マヤちゃん」

諏訪の腰が大きく前後し、そのたび甘く引きつれた声が重なる。

「あー……すげえいい、もうでる」

「中はやめ、外に……、あとで気持ち悪く……」

「マヤちゃんは俺のもんなんだから、全部好きにさせろ」

勝手な言いぐさ。諏訪の動きが一気に坂道を駆け上るような勢いに変わる。そしてふいに動きを止め、ばったりとマヤちゃん先輩の上に倒れこんだ。ふーっと長い溜息《ためいき》みたいな息を吐き、甘えるみたいにマヤちゃん先輩のうなじや髪にキスをする。

「マヤちゃん、大好き」

「……嘘つけ」

ぐったりとマヤちゃん先輩が呟く。

「ほんとだよ、色んなやつがいるけど、俺はマヤちゃんが一番好きだ。だからずっと俺のそばにいなよね。どっこもいかないでね。じゃないと嫌いんなるよ」

脅しみたいな言葉と一緒に、ちゅっと愛らしいキスの音が立つ。

「……死ね」

マヤちゃん先輩はぽつりと毒づいた。泣いてるみたいな声。シーツに顔を伏せていて表情は見えない。諏訪が身体を起こし、マヤちゃん先輩を仰向けにしようとする。マヤちゃん先輩は嫌がり、でも簡単に起こされてしまった。

「俺が死んだら、めちゃくちゃ泣くくせに」

諏訪が笑う。マヤちゃん先輩は笑い返さない。でも、諦《あきら》めたように自分から諏訪の首に腕をからめてキスをした。何度も何度も、角度を変えてくちづける。その光景はセックスよりもずっと恋人同士らしく見えて、高良は目をそむけた。

さっきまでやんでいた蟬の声が復活している。ギャリギャリギャリ。実験で使うプレパラートをこすり合わせたような不快な音に胸が軋《きし》む。高良は廊下を後ずさり、きたとおり縁側から下り、ジャリの庭を駆け抜け、うっそうと緑がしげる裏山へ走った。

光が反射する海に背を向けて、ふたりが抱き合う家から一歩でも遠く離れたくて、足場の悪い山道を駆け上っていく。息が切れる。やけくそみたいに走り続ける中、顔の高さの枝が目に当たって立ち止まった。右目に激痛が走る。

「……っつ」

木の幹に背中をあずけて目を押さえる。表面に傷がいったようだ。痛みでぼろぼろと涙がこぼれて、覆った手の指の隙間がじっとりと濡れていく。打ったのは右目なのに、そのうち左目からも涙がこぼれはじめた。痛い。痛い。腹が立つほど痛い。

無意識に舌打ちした。誰もいない山の中で蟬だけがうるさく鳴いている。

目が痛い。胸が痛い。全部痛い。全部に腹が立つ。

あんなもの見なきゃよかった。どうしてすぐに引き返さなかったんだ。

馬鹿が。馬鹿が。馬に蹴られて死んでしまえ。

せめてふたりが、普通に好きあってくれていたらよかった。でも諏訪はマヤちゃん先輩を好きじゃない。違う。好きだけど、あいつは自分を好いてくれる相手が好きなだけだ。それをマヤちゃん先輩はわかっている。「死ね」と呟いたときの泣いてるみたいな声が耳に残っている。そのくせ自分からあんな優しいキスをする。最悪だ。

急に止まったせいで、全身から汗がふきでる。髪の隙間を汗が流れ落ちていく。くすぐったくて、両手でがりがりと髪をかき回した。

さっきの光景が、強烈に目に焼きついている。苦しいのか気持ちいいのか判別つかない声や、熱でとろけだした飴みたいに甘ったるい溜息。瞼《まぶた》の裏にそれらが広がって、下着の中で中心が反応する。情けなさに奥歯を嚙みしめる。最低だ。最低だ。最低だ。

夕飯の準備に大幅に遅れてペンションに帰った。ＧＴＯに説教をくらい、でも言葉はぼうっと耳を通過していくだけで、聞いてんのかとまた叱《しか》られた。みっともない。

「どこ行ってたんだよ。買い出し奥さんに代わってもらったんだろ」

ようやく解放されたあと、諏訪とマヤちゃん先輩に問われ、高良はさりげなく目を逸らした。ふたりの顔をまともに見られない。帰り道で女子大生に逆ナンされたと適当に嘘をつくと、いいねーいいねーと諏訪が目を輝かせた。

「俺もマヤちゃんいなかったらナンパしまくりなのに、残念だなあ」

神経を逆なでするような軽口に腹が立ち、高良は「恋人いるやつが贅沢《ぜいたく》言うな」とふざけているフリで諏訪の脇腹にボディブローをくらわせた。

「おま、ちょっと加減しろよ」

諏訪がげほっと本気でむせる。

「お前が自重しろ」

咳きこむ諏訪に、冗談のフリで本音を言い捨てた。やり取りを見ながらマヤちゃん先輩がくっくっと肩を揺する。いつもと変わらない光景。なのに全てが違ってしまった。

これからどうしようと、高良は笑いながら途方に暮れた。


バイトもあと二日になり、自分たちは表も裏も真っ黒に焼けた。鼻の頭だけ皮がめくれてしまった高良を見てふたりが笑う。ふたりはぬかりなくオイルを塗っていた。

あの日見たことは忘れてしまおうと高良は決めた。自分がマヤちゃん先輩を好きなことと、三人の関係は別の話だ。元々諏訪の彼氏として紹介されたのだし、勝手に好きになって、勝手に傷ついて、被害者みたいな顔をするのは情けないにもほどがある。

そう思っていても、今まで通りふるまうことは思っていたよりもずっと難しかった。ふとしたときの物言いがきつくなったり、ぼうっと考え込んでしまったり、我に返って慌てて笑顔を作るたび、気持ちが削れて尖《とが》っていくような疲れを感じた。

「なんか元気ねえよな」

ペンションの前を掃く高良を眺め、マヤちゃん先輩が呟く。マヤちゃん先輩はとっくに自分の仕事を終わらせて休憩に入っている。もうすぐ諏訪も帰ってくるはずだ。

「そんなことないよ」

答える高良を、マヤちゃん先輩は入口の石段に座ってもの言いたげに見上げている。なんとなく会話が途切れ、黙々と掃除を続けているとバスがやってきた。お客さんらしき若い女の子の二人連れが降りてくる。ひとりはどこかで見た顔だ。

「あ、本当にいた。こんにちはー」

見覚えのある方の女の子が、高良たちに笑いかけてくる。その肩越し、道の向こうから駈《か》けてくる諏訪が見え、ようやく思い出した。目の前の女の子は、以前カラオケボックスの前で会った諏訪の浮気相手だ。嫌な予感が胸をよぎる。

「チカ、お前、急にくるなよ！」

息を切らして走ってきた諏訪を見て、チカと呼ばれた子がおかしそうに笑う。

「内緒にして驚かそうと思って」

「馬鹿。『もうすぐペンション着くよ』って驚かせすぎだ」

なるほど。浮気相手から急襲をくらい、修羅場防止に慌てて走ってきたのか。諏訪はマヤちゃん先輩をちらっと見て、ごまかすようにへらっと笑った。

「マヤちゃん、こいつらうちのガッコの子らでチカとみゃあ。俺の後輩」

へらへらとふたりを紹介しながら、諏訪は『余計なこと言うなよ』と高良に目配せを送ってくる。はね返すようににらむと、唇を尖らせて拗ねた顔をした。

「真山先輩、高良先輩、二泊だけどお世話になります」

チカに屈託なく挨拶され、高良は「どうも」と返すしかなかった。

「あ、こっちはあたしの友達のみゃあで、真山先輩のファンなんです」

「こ、こんにちは、あたし、真山先輩の二こ下で——」

みゃあと呼ばれた子は真っ赤な顔でマヤちゃん先輩に挨拶をする。こういう状況に慣れているマヤちゃん先輩は「ん」と一言うなずくだけだ。それだけでもみゃあはぽーっと夢見心地な表情になり、隣に立っている高良は完全に忘れ去られた。

「ったく、バイトのこと言うんじゃなかった」

諏訪がぼそっと呟く。

「もう、さっきからブツブツうるさいなあ。きちゃったものはしかたないじゃない。あんまりしつこいと浮気でもしてるんじゃないかって疑っちゃうよ」

瞬間、諏訪とマヤちゃん先輩の間に微妙な空気が走った。

「それより諏訪先輩、夜は時間あるんでしょう？　浜辺歩いたりしようよ」

「お前ツレときてんだろうが」

「大丈夫、みゃあは真山先輩にラブだもん。ねえ真山先輩、みゃあとデートしてくださいよ。あたしと諏訪先輩も入れて四人で。あ、高良先輩も入れて五人で」

マヤちゃん先輩は曖昧に笑っただけで答えなかった。諏訪とマヤちゃん先輩の関係は秘密で、チカには悪気などない。それはわかる、わかるけれど、一方的に我慢を強いられるマヤちゃん先輩の気持ちを思うとムカムカした。罪は全て諏訪にある。

「マヤちゃん先輩、コンビニ行かない。俺アイス食べたいな」

みんなに聞こえないよう、高良は小声でマヤちゃん先輩にささやいた。

「でも客きてるし……」

「諏訪の後輩なんだから、諏訪に任せておけばいいよ」

マヤちゃん先輩は少し考えたあと、すっと表情を切り替えて「そうだな」と笑った。踵《きびす》を返し、ふたりでせーので駆け出した。背後であっと諏訪が叫ぶ。

「ふたりともどこ行くんだよ！」

「お客さんはお前に任せた。がんばってお世話しろよー」

そう言って手を振ると、「ずりーぞ」と諏訪が文句を言う。でも知るか。

マヤちゃん先輩とふたりで、笑いながら海沿いの道を走った。笑って、笑って、でも全然楽しくなどない。片想いで苦しい自分。両思いなのに苦しいマヤちゃん先輩。

自制するのも限度があって、だんだん面倒くさくなって、嵐でもきて全部めちゃくちゃになればいいなんて思ってしまう。その方がきっとせいせいする。

チカたちが諏訪の後輩だと知ったＧＴＯは、夕飯のあと今夜はもう上がっていいぞと言った。後輩たちの前で諏訪の面子《メンツ》を立ててくれたらしい。しかしありがた迷惑だった。追い打ちをかけるように、「ほら」と花火セットまで渡され、みんなで夜の浜辺へ向かった。

はしゃぐ女の子たちとは対照的に、男側は複雑だった。諏訪は一応女の子を気遣って楽しそうにしているが、高良は愛想笑いすらしなかった。ここで楽しそうにすることは、マヤちゃん先輩への裏切りに思える。マヤちゃん先輩はさっきからずっと口数が少ない。

「諏訪先輩、見て見てー」

チカが花火を持ってぐるぐる大きく動かす。ネオンサインみたいな残像が闇に浮かびあがらせるハートのマーク。花火の先から噴水のように勢いよく火花を降り注がせて、あたりを白く曇らせるほどの煙の向こうでチカは顔いっぱいに笑っている。

「ちょ、危ないって。人に向けんなよ」

「いいじゃない、ほら、ラブラブ～」

笑いながらもっと大きなハートを描く。さっきから、チカは当然のように諏訪の隣を独占している。たまに諏訪がちらっとマヤちゃん先輩をうかがうが、マヤちゃん先輩は淡々とした態度を崩さない。内心ムカつきの極致だろうに、場を白けさせない程度にノリを合わせている。どうして怒らないのか。もちろん怒るわけにはいかないのだけど、でもなんで怒っちゃいけないんだと、ぐるぐる追いかけっこみたいに怒りが膨らむ。

――男でも、女でも、好きって気持ちは同じだ。

諏訪の浮気がばれたとき、自分が言った言葉だ。どうして男同士ってだけでマヤちゃん先輩だけが我慢しなくちゃいけないんだ。理不尽すぎるとむっとしていると、みゃあがマヤちゃん先輩に話しかけた。

「諏訪先輩とチカ、ラブラブですよね」

高良はハッとそちらを見た。あの子には悪気はない。単にマヤちゃん先輩と話すきっかけに使っているだけだ。わかっている。わかっているけど——。

「あのふたり、夏休みの前からつきあってるんですよね。諏訪先輩、よく夜中にチカの家に忍び込んでくるらしいんです。チカの家、お父さん厳しいのに愛っていうか」

やめろよ。そんなことマヤちゃん先輩に言うな。あっちへ行け。

マヤちゃん先輩は曖昧に笑い、目を伏せて手元の花火を見ている。無理して笑顔を作っているけれど、唇を噛んでいるのがわかる。我慢できずに高良は立ちあがった。

「マヤちゃん先輩、ジュース買いに行こう」

ヤンキー座りのまま、マヤちゃん先輩は顔だけを上げる。高良はマヤちゃん先輩の手から花火を取り上げ、ぽかんとしているみゃあに「あげる」と手渡した。そしてマヤちゃん先輩の細い手首をつかんで、強引に引っ張り上げて歩きだした。

「あ、あの、あたしも行きます」

「ついてこないで」

冷たく言い捨てると、みゃあはびくっとあとずさった。ごめんなさい。君はなにも悪くない。でもこれ以上マヤちゃん先輩を傷つけないでほしい。諏訪がちらっとこちらを見たけれど、構わずマヤちゃん先輩の手を引いて歩きだした。どうせあいつはチカを放り出せない。あいつはどっちもほしい欲張りで、それを許してくれるマヤちゃん先輩をいつも後回しにする。でも一番優しい人が、一番損をするなんておかしいだろう。

「なあいてーんだけど」

ずんずん歩く途中、マヤちゃん先輩が呟いた。振り向くと目が合い、急に恥ずかしくなって高良は手を離した。つかまれた場所をマヤちゃん先輩がしげしげと見る。

「お前、意外と手でけーのな。俺の手首一周してんじゃん」

「……ごめん」

謝って、そのまま沈黙が生まれる。我慢できなくて連れだしてしまったけれど、そこからなにも考えていなかった。向こうでチカの笑い声が響いた。相変わらず花火を振り回している。ジュースを買いに行くと言ったのに、高良たちがきたのは波打ち際だ。なのに諏訪が追いかけてくる気配はない。そのことにも呆れてしまう。

「悪いな、気い遣わせて」

マヤちゃん先輩がバツが悪そうに笑う。

「なんで謝るの？」

つい声が尖ってしまった。マヤちゃん先輩はこれっぽっちも悪くない。悪いのは諏訪だ。いいかげんで、女にだらしなくて、マヤちゃん先輩が甘い顔をするから余計に調子に乗っている。もう色々死ぬほど言いたいことがあって、でもマヤちゃん先輩が微妙に悲しい顔をしたので、言えないまま全て喉《のど》を逆流していった。

「よく響くのな、女の声って」

マヤちゃん先輩は諏訪たちがいる方を振り向いた。しばらくそちらを見て、溜息をひとつついて波打ち際を歩きだした。うつむきがち、Tシャツの袖《そで》から伸びる腕が頼りなく揺れている。その手を取りたい衝動にかられる。しっかり強くつなぎとめたい。でもそんな勇気はなくて、砂に足を取られながら黙って後ろを歩くだけだ。

諏訪たちの姿が見えなくなった岩場のあたりで、マヤちゃん先輩は砂の上に腰を下ろした。女の子たちの甲高い声もここまでは届かない。マヤちゃん先輩は砂浜に手をつき、解放されたように足を投げ出す。その隣に高良も座った。

「高良、ありがとうな」

薄い三日月と散らばる星。マヤちゃん先輩は暗い海に向かって呟いた。

「お前がいなかったら、さすがにあいつとつきあうのはきついわ」

うつむきがちに笑う横顔に、高良のほうが歯痒《はがゆ》さを感じる。

「あんなの気にすることないよ。あの子たちが勝手にきただけで、諏訪はしかたなく相手してるだけだし、諏訪が一番好きなのはマヤちゃん先輩だ」

なぜあんな浮気男をフォローしているのか。馬鹿か。でも少しでもマヤちゃん先輩に元気を出してほしい。そのためなら、どんな間抜け男を演じたっていい。

「お前、まじでいいやつなのな」

マヤちゃん先輩は笑った。強張っていた表情が少しほぐれている。

「今だけじゃない。お前には、ほんとずっと前から感謝してんだ」

「…………」

「諏訪から友達紹介するって言われたとき、ほんとは嫌だったんだよ。あいつはそういうの軽く考えるけど、男同士でつきあってるなんて聞かされたら普通はキモいだろ」

そんなことないよと言いたい。でもそれは自分も同性に恋をする男だからで、ストレートだったらどうだかわからない。マヤちゃん先輩は話し続ける。

「けどお前はおかしな目で見なかったし、普通につきあってくれるし、応援？ みたいなことまでしてくれるし、そういうの、俺みたいなやつにはすげえ救いになるんだよ」

「俺みたいって？」

「男が好きな男。こんな気持ちわかってくれるやつなんていないよなって、ずっと諦めてた。でも諏訪の浮気がばれたとき、お前、本気で怒ってくれたろ。今までの彼女とは友達じゃないけど、俺とは友達だからって。あれ、実はめちゃくちゃ嬉しかった」

言葉のひとつひとつから、マヤちゃん先輩が今まで感じてた寂しさが伝わってくる。

「諏訪とは違う意味で、俺は、お前がすごく好きだ」

真顔で高良を見つめたあと、マヤちゃん先輩は「あーあ」と溜息をつき、仰向けで後ろへ倒れ込んだ。「なんかかっこわりー」と言うので、「そんなことないよ」と高良も同じように後ろに倒れた。

昼の熱を吸いこんで、砂浜はじんわりとあたたかい。

視界全部を濃い紺色が支配していて、自分の街で見るよりも星が多くて、一粒一粒が輝いて見える。聞こえるのは静かな波音だけで、こんなに綺麗《きれい》な夜の中で、好きな人が悲しい気持ちでいるのは間違っていると思えた。

「もう、別れなよ」

高良は隣を見た。月の光に照らされた横顔。なにを考えているんだろう。その薄っぺらな胸の中に自分の居場所はどれくらいあるだろう。頭の中で「お前がすごく好きだ」という言葉がリフレインされる。そういう意味じゃないとわかっているけれど——。

「俺なら、もっと大事にするよ」

ぽろりとこぼれた言葉。

「じゃあ、性転換でもすっか」

冗談だと思って、マヤちゃん先輩は笑う。かすれた声。ここで一緒に笑ったら、またいつもの距離に戻る。先輩、後輩、友人。もうそんな場所に引き返したくない。じっと見つめていると、マヤちゃん先輩が寝ころんだまま首をかしげた。

「どした？」

黙って身体を起こし、マヤちゃん先輩に覆いかぶさった。

「……高良？」

ゆっくり顔を寄せていく。それでもマヤちゃん先輩は逃げようとしない。それほど信用されているのだ。それほど男として意識されていないのだ。

胸の奥がギリリと引き絞られて、最後の距離を詰めた。

唇が触れる。一秒、二秒……。次の瞬間、思い切り突き飛ばされた。

マヤちゃん先輩は手で口元を押さえ、大きく目を見開いて高良を見ている。

「マヤちゃん先輩」

手を伸ばすと、びくっと身体を引かれた。その反応に現実感が戻ってくる。

「マヤちゃーん、高良ー」

岩場の向こうから諏訪の声がして、マヤちゃん先輩は弾かれたようにそちらを見た。引き止める間もなく立ち上がり、脱兎《だっと》の如く諏訪の元へ駆け出していく。

「え、なに、どしたの？」

いきなり抱きつかれ、諏訪は戸惑って高良とマヤちゃん先輩を見比べている。

「行こう」

「え、けど高良は――」

「いいから、行こう」

諏訪の腕を引っぱり、マヤちゃん先輩は砂浜を歩いていく。諏訪が心配したように振り向くが、高良はかける言葉もなく、引き止めることもできなかった。

波の音が強くなったように感じて振り向くと、うすっぺらな三日月は雲にかくれて、夜の海は吸いこまれそうに暗く見えた。繰り返し打ち寄せる波音が後悔を連れてくる。

自分は間違えた。なにをどう間違えたのかなんて細かなことはわからない。ただ、間違えたと繰り返す。それは、取り返しのつかない失敗だった。


二週間のバイトが終わった日、ＧＴＯが車で三人を駅まで送ってくれた。餞別《せんべつ》だと小さなビニール袋をみんなにくれて、中を覗くとＣＤが入っていた。「永ちゃんのベストや」とぐっと親指を立

てられ、三人は「はは……」と曖昧に笑って頭を下げた。隣で奥さんが「助かったわあ、またきてね。バイトでも遊びでも」と言ってくれた。

八月の中頃、夏の盛りでプラットホームは光と影の境がくっきりとできている。諏訪が手で胸元を仰ぎながら「ジュースないと死ぬ」と自販機へ歩いていった。

高良は少し離れた場所に立っているマヤちゃん先輩を盗み見た。次の電車まで十分くらい。マヤちゃん先輩はハーフパンツのポケットに手をつっこんで、向かいのホームをぼんやり見ている。ただ立っているだけなのに、相変わらず目を惹く。

花火の夜以来、マヤちゃん先輩はさりげなく高良を避けるようになった。諏訪もいれば冗談も言うし、笑ってもくれる。でも以前とは決定的に違う。自分たちの間には、迂闊《うかつ》につついたら、パンと破裂しそうに膨らんだ水風船のようなものがある。

悪いのは自分なのだから、謝らなくてはいけない。謝ってどうするんだ？　なにも変わらない。でも謝るべきだ。だったら今が最後のチャンスだ。このまま電車に乗ったら地元の駅で解散で、夏休みが明けるまでマヤちゃん先輩と会えないかもしれない。

「……マヤちゃん先輩」

一歩踏み出したときだ。

「あのこと、諏訪には言うなよ」

マヤちゃん先輩は前を向いたまま言った。

「お前とは、もうふたりで会わないから」

悲しそうな横顔。

高良はそれ以上近づけず、謝ることもできなくなった。

突っ立っていると、諏訪がジュースを三本買って帰ってきた。ほらとコーラを渡されて、ありがとうと受け取った。ホームのどこかに蟬がいて、ギャリギャリうるさく鳴いている。暑さで頭がぼうっとする。安定感を欠いてぐらつく視界の向こうで、マヤちゃん先輩は諏訪となにか話している。こんがり焼けた夏の横顔は、もうこちらを見てはくれない。

家に帰ると、母親に焼けたわねと驚かれた。午前診が終わって家にいた父も、精悍《せいかん》になったなと感心したように言った。もらったバイト代で買ったイカの一夜干しのおみやげを渡すと、ふたりはその地味さに顔を見合わせ、安心したようにお疲れさまと笑った。

残りの夏休みは夏期講習やお盆行事などで平凡に過ぎていき、合間に諏訪が遊びにやってきた。旅行以来チカが押せ押せなので、マヤちゃん先輩とあまり会えないと愚痴っていた。

「乗り換えるのか？」

「さあ、わかんね」

相変わらず適当なやつだ。

諏訪がそんな調子なので、高良もマヤちゃん先輩と会う機会はなかった。

——お前とは、もうふたりで会わないから。

ホームでの言葉が胸に刺さったまま抜けない。痛い。それでも会いたい。顔が見たい。以前マヤちゃん先輩からもらったメールを何度も開いて読んだり、電話をしようかと迷ったり、でも結局勇気が出ず、たった一回のキスを死ぬほど悔やんだ。

なのに寝る前には一瞬ふれあった唇を思い出して、下着の中に手を入れることをやめられなくなった。目をつぶると、諏訪に抱かれていたときのマヤちゃん先輩が鮮やかに再生される。身体の芯まで熱くなって爆発しそうになる。好きな人を安物のＡＶみたいに使うことがたまらず嫌で、嫌だ嫌だと思いながらする自慰は最低の後味を残した。


新学期がはじまって一ヶ月ほど、諏訪は早々にチカと別れた。

「あいつ嫉妬深くてめんどくさい。マヤちゃんはそういうのないし」

高良はなにも言わなかった。自分にはもう関係ない。関係しちゃいけない。

諏訪とマヤちゃん先輩がつきあいを復活させても、以前のように三人で過ごすことはなくなった。マヤちゃん先輩は高良の離れにもこなくなり、屋上での弁当タイムにも顔を見せない。

「なんか変なんだよなあ」

諏訪は首をひねり、高良はこれからはクラスの友人と弁当を食べると諏訪に告げた。自分のせいでふたりの時間を邪魔できない。

校内でマヤちゃん先輩を見かけても、前みたいに気安く声はかけられなくなった。遠くから見るだけ。高良は髪色を元に戻したし、休み前と変わらない見た目に誰も変化があったことなど気づかない。茶髪の高良は携帯のデータフォルダの中にしかいないし、そんな自分と肩を組んで笑っていたマヤちゃん先輩の姿も、もうどこにもない。

「じゃあ六時にね」

諏訪は携帯を切ってまた高良のベッドに転がって雑誌を読みはじめた。放課後、久しぶりに諏訪と一緒に帰ってきたのだ。

「高良、俺やっぱ夕飯いいわ。おばさんに言っといて」

「デートか？」

「そう」

「どっちと？」

「マヤちゃんに決まってんだろ」

当然という顔をされ、高良は「お前なあ……」と参考書を閉じて諏訪と向きあった。部外者は口を出すな。そう自戒するのも限界で、こんな気持ちで数式などとけない。

「なんだよ、怖い顔して」

「俺の言いたいこと、わかってるんだろう？」

嫉妬深くてめんどくさい——という理由で別れたチカと諏訪が、先週、駅前のファストフード店にいたのを、塾帰りの高良は目撃した。

「あっち行ったりこっち行ったり、お前自分の都合ばっかじゃないか。チカはマヤちゃん先輩のこと知らないからまだマシだけど、マヤちゃん先輩はそうじゃないんだぞ。好きな人を何度も裏切って、平気でいられるお前の神経が俺には理解できない」

「だって、ひとりになりたくねえんだもん」

諏訪はぶすっと言った。

「俺が一番好きなのはマヤちゃんだ。嘘じゃない。けどじゃあ二十四時間毎日マヤちゃんが俺といてくれるか？　せっかくバイトしなくてよくなったのに、相変わらず弟や妹の世話でデートキャンセルされることもあるんだぞ。俺はその間どうするんだよ」

「そんな適当に色々しとけよ。世話が必要な幼稚園児じゃあるまいし」

「誰も世話してほしいとか言ってねえよ。俺は単にひとりが嫌なだけなの。あんなクソみたいな親がいる家には帰りたくないし、けど外に出ると人がたくさんいるだろう。みんな誰かと一緒で、楽しそうで、そこに自分だけひとりだと余計にさびしいじゃん」

呆れすぎて溜息も出なかった。こいつは言い訳の天才か。

「いい加減にしろよ。浮気を肯定するために、無理矢理悲劇の主人公気取るのやめろよな。そりゃあお前も家のこととか大変だと思うけど、今どき親の離婚なんか――」

瞬間、諏訪が顔色を変えた。

「お前みたいなボンボンに言われたくねえんだよ」

初めて見るすさんだ目つきに、高良は言葉を失った。

「つか、お前ナニサマなわけ？　世の中のことなんでもわかってますみたいな顔してるけど、たまたま金持ちの家に生まれて、親の仲もよくて、環境が整ってるから正しくいられるだけだろ。けどそんなのお前の手柄じゃや――」

諏訪は言葉を切った。ぽかんとしている高良から目を逸らし、ベッドからさっさと下りた。

「悪い」

ぼそっと呟き、一度も高良を見ずに部屋から出ていった。

高良はしばらくの間、諏訪の出ていったドアを見つめた。驚いた。あんな諏訪の顔を初めて見た。驚きすぎて怒りはどこかへ消えてしまい、ただ、わからなくなった。

諏訪が自分の家のことをほとんど喋《しゃべ》らないことも、両親が揉《も》めていることと関係しているんだと承知していた。でも諏訪はいつも呆れるほどノリが軽く、明るく、あんな屈折した気持ちを抱えているなんて思いもしなかった。ああ、でも……。

それでも、諏訪を甘ったれだと思ってしまう。家の中が揉めてるやつらが全員あいつみたいに拗ねるわけじゃない。いくらさびしいからって、お前がやってることはただのごまかしだよ。そんなの誰と一緒にいてもひとりと同じだよ。本当に好きな人を大事にして、その人から大事にされなきゃ、ずっとお前はさびしいまんまだよ。いいかげんわかれよ。厳しい環境に同情しながら、まだ心の隅で説教している。

――やっぱり、俺は『ナニサマ』な『ボンボン』なのかな……。

うなだれていると携帯が鳴った。母屋の母親からで、夕飯お魚の揚げ物でいい？　と聞かれ、いいよと答えた。ついでに諏訪は帰ったから飯はいらないよと伝えて電話を切ると、落ちていた気分がもう一段落ちていた。

本当にうちは平和だ。別に不幸が起きてほしいわけじゃないけれど、優しくて明るくて不足なく丸いものから、今だけは遠ざかりたい気分だった。

翌日、四時間目の途中に諏訪からメールが入った。『昼飯食おう。屋上な』短い文の最後に、スマイルマークがついている。昨日のことには触れておらず、仲直りの気配に高良はホッとした。教師の目を盗んで『今日のおかずはハンバーグ』と打ち返した。

チャイムが鳴るとすぐに弁当を持って屋上へ走った。諏訪は恋愛に関してはだらしないところもあるけれど、やっぱり身内だし、友人だし、憎めないやつでもある。

廊下を走っていると、屋上に続く階段でマヤちゃん先輩にばったり会った。いきなりだったので、高良はびくっと身体を引くという無様を晒《さら》してしまった。マヤちゃん先輩は「よう」と普通に挨拶をし、先に階段を上がっていく。

「諏訪から誘われたから。たまには一緒に食おうって」

「ふうん」

そっけない返事に、ひどく恥ずかしい思いをした。なんだ、あのいじめられっ子みたいな反応は。屋上で弁当ならマヤちゃん先輩がくることくらい予想しておけよ。

「……お前、ホントにタイミングよくきてくれるよ」

マヤちゃん先輩がぽつりと呟いた。「え?」と問い返したが、階段はもう終わり、マヤちゃん先輩は屋上に出るドアに手をかけている。もしや嫌味かと疑ったが、そうではないことは弁当を食いはじめてすぐにわかった。

「俺さあ、来月引っ越すから」

コンビニのサンドイッチを食べながら、マヤちゃん先輩が言った。あんまりさりげなさすぎて、逆に切りだすきっかけを計っていたのが透けるような言い方だった。

「オカン、今の男と結婚して、あっちの地元に行くんだと」

「引っ越しってどこに?」

結婚云々《うんぬん》は一切スルーで諏訪が聞いた。

「九州」

場がしんとなった。マヤちゃん先輩は誰とも目を合わせないよう、うつむきがちにサンドイッチを食べている。高良は茫然《ぼうぜん》とし、諏訪は無理矢理な笑いを浮かべた。

「なんだよ、九州ってめっちゃ遠いじゃん」

「まあな」

マヤちゃん先輩がうなずく。

「別に行かなくてもいいんじゃね？　マヤちゃん来年には卒業だし、今さら親についていかなくてもいいじゃん。地元で就職するつもりで来週面接なんだろ」

諏訪の言い分はそれほど突飛とは思えなかった。

「なあ高良、お前もそう思うよな」

「う、うん。あと半年くらいで卒業なんだし、それまでなんとかお母さんに引っ越し待ってもらえないのかな。今引っ越しても向こうで友達作りにくそうだし、そのまま卒業して就職だと、なにかあったとき相談できる友達もいなくてしんどいよ」

理屈で本音をコーティングした。単に行ってほしくないだけだ。ここにいてほしいだけだ。たとえ自分のものじゃなくても、遠くから見るだけの権利でも剥奪《はくだつ》されたくない。

「俺も色々考えたけど、やっぱ鈴樹と清水が心配だから」

母親の再婚相手の実家は農家で、ずっと水商売をしていた母親が農家のヨメをできるとは思えない。再婚相手の男は母親を大事に思っているが、たまに鈴樹や清水を邪険に扱うときがある。

「向こうの身内しかいないなんて完全アウェイだろ。いざってときは、俺があいつら守ってやんなきゃな」

そう言われると、それ以上引き止められなくなった。義理の親が子供を虐待するニュースなどはよく耳にする。家族思いのマヤちゃん先輩が心配する気持ちは理解できた。

「引っ越しても、毎晩電話すっから」

マヤちゃん先輩は小さな子供をなだめるように、優しい口調で諏訪に話しかける。諏訪は話の途中からどんどんうつむきはじめ、今はもうほとんど顔が見えない。返事もせず、完全に話を聞かない体勢だが、それでもマヤちゃん先輩は根気よく話しかける。

「冬休みとか帰ってくるし、来年卒業して、俺がいなくても大丈夫そうだったらこっちでひとり暮らしすることも考える。半年なんてすぐだって、なあ」

マヤちゃん先輩が諏訪の腕に手をかけた瞬間、諏訪がその手をはじき飛ばした。空気が凍る。息を呑む高良とマヤちゃん先輩の前で、諏訪はゆっくりと顔を上げた。怖いくらいに無表情で、けれどすぐにトランプを裏返すように笑顔を作った。

「もういいよ、別れよ」

諏訪は立ちあがり、マヤちゃん先輩を見下ろした。顔は笑っているのに、目が笑っていない。冷たい笑顔を、マヤちゃん先輩はじっと見上げている。

「男同士なんてどうせ長続きしないしね。今まで楽しかったよ、あんがとね」

それだけで屋上を出ていこうとする。

「おい、諏訪」

高良は慌てて追いかけた。

「ちょっと待てよ。なんだよそれ。もっとちゃんと話し合えよ」

「話し合う？　なにを？　もう離れ離れ決定なのに」

「遠恋って手もあるだろ。そんな急に別れるとか――」

諏訪は「は？」とおかしそうに笑った。

「そばにいてくんないやつに、なんの価値があんだよ」

当てつけるような大きな声。マヤちゃん先輩は無表情にフェンスの向こうの景色を見ている。諏訪の声は聞こえていたはずなのに、横顔はぴくりとも動かない。

自分の中でぱちんとなにかが破裂し、身体が勝手に動いて、気づけば諏訪の顔面に拳を撃ちこんでいた。諏訪は尻もちをつき、ぽかんと高良を見上げている。自分のしたことが信じられず、高良も同じくらいぽかんと諏訪を見下ろした。

「……いってえ」

諏訪が立ちあがる。ぼうっと突っ立っていると、顔にがつっと衝撃が走った。踏ん張れずに尻もちをつく。殴ったのも、殴られたのも、生まれて初めてだった。

痛み。怒り。全身の神経が逆立って皮膚がビリビリする。頭の中まで熱くて、その勢いで立ち上がり、なにも考えずに殴り返した。喧嘩など慣れていないので突き指みたいな痛みが走ったけれど、どうでもよかった。お互い無言でただただ殴った。

視界の端でマヤちゃん先輩が立ち上がるのが見えた。あ……とそちらを見たと同時、まともに拳をくらった。次に目を開けると、視界は真っ青な空に占領されていた。

眩《まぶ》しい。頭がクラクラする。仰向けに倒れている高良の横を、マヤちゃん先輩が通りすぎていく。

鉄製のドアが開いて、ガチャリと閉まる音。やりきれなそうに高良を見下ろしていた諏訪もそちらへ歩いていく。そして人の気配は消えた。

視界を埋め尽くす青空を、妙に静かな気持ちで眺めていた。怒りは途中でどこかに行ってしまって、痛みだけが残っている。口の中が血の味で気持ち悪い。唇を舐めると、ぬるりとすべって血の味が濃くなった。

なにもさえぎるもののない場所で、九月の太陽にじりじりと焼かれていく。髪の隙間を汗が流れ落ちていく。目を閉じると昼休みの終わりを告げるチャイムが鳴る。終わったのは昼休みだけではない気がして、高良は青空だけを見つめ続けていた。


先週から日差しは急速に力を失い、窓辺に立つと涼やかな風が首筋をなでていくようになった。

諏訪からは仲直りのメールはこなかった。廊下ですれ違ってもさりげなく目を逸らし合い、マヤちゃん先輩とも話をしないまま、時間だけが淡々と過ぎていく。

その日の昼休み、クラスの女子が泣きそうな顔で教室に飛び込んできた。

「真山先輩、転校するんだって！」

一瞬教室が静かになったあと、あちこちから「うそーっ」「いやーっ」という女子の声が聞こえた。校内では目立っていたマヤちゃん先輩なので当然の反応だった。

「いつ転校するの？　どこに？」

「九州。今日引っ越しだって、さっき職員室で先生たちが話してた」

また「うそー」という声が湧き、高良は思わず立ち上がった。大股《おおまた》で教室を出て、廊下の突き当たりにある諏訪のクラスへ行った。教室の一番後ろの窓際で、諏訪は友人たちとたまっている。近くまでいくと、諏訪がこちらに気づいた。

「マヤちゃん先輩、今日、引っ越しだってな」

怖い顔の高良に、周りの友人たちがなんだなんだという顔をする。

「みたいだな。今ごろ駅じゃねえの」

「見送りに行かないのか」

「なんで？　もう関係ねえじゃん」

諏訪は首ごとねじって窓の方に向けた。必要以上にそっけない態度。固い横顔は『もう関係ない』ようには見えなかった。でもここで言い争う時間も惜しかった。

高良は自分の教室に戻り、鞄から財布だけ持ってまた教室を出た。昼休みでざわつく学校から抜けだし、大通りでタクシーを停める。間に合うだろうか。頼むから間に合いますように。祈るような気持ちで駅の階段を駆け上がり、ホームを見渡すと、胸に小さな女の子を抱いて、右手に小さな男の子の手を引いた長身の後ろ姿を見つけた。

「マヤちゃん先輩！」

「……高良？」

どうしてここにという表情。男の子がマヤちゃん先輩の手をくいくいと引っぱる。

「おにいたん、ともだち？」

舌っ足らずな問い方。前に一度会ったけど忘れられているようだ。マヤちゃん先輩は胸に抱いていた鈴樹を下ろし、清水とふたりで並ばせた。

「前に一回会ったろう。駅前のらくだ先生んとこの息子だ。自転車やおもちゃくれたのもこのおにいたんだぞ。ふたりともちゃんと礼を言え」

「おにいたん、ありがとう」「ありがとう、じてんしゃ」ぺこりぺこりと頭を下げられ、高良は「うん」とふたりの形のいい小さな頭をなでた。

「鈴樹、清水、おにいたんは友達と話あるから、おかあたんとこ行ってこい」

マヤちゃん先輩はホームの待合室を指さした。ふたりはコクンとうなずき、手をつないで待合室のほうへ歩いていく。小さな背中がふたつ、ちゃんと待合室に入り、母親らしき女の人の元へ辿《たど》り着くまで、マヤちゃん先輩はずっと目を離さなかった。

「相変わらず、いいお兄ちゃんしてるね」

マヤちゃん先輩は照れたように口元をとがらせた。

「お前こそ、優等生がサボりか」

高良は肩をすくめた。

「世話になったのに、挨拶もできずに別れるなんて嫌だから」

「挨拶?　おばはんかよ」

マヤちゃん先輩はハハッと笑った。語尾はすぐ周りの雑音に紛れてしまう。

「つうか、お前の方が色々してくれたじゃん」

「してないよ」

「したよ。俺のために諏訪にボコられたり」

「ボコられてないよ。あれは喧嘩だし」

「そうか？　普通にいじめられてる図だったぞ」

むっとした。しかしマヤちゃん先輩は謝りもせずくっくっと笑うので、しかたなく高良も苦笑いを返した。自分では互角のつもりだったが、最後は大の字でＫＯされ、諏訪は息を乱しながらも歩いて帰ったのだ。完全に高良の負けだろう。

「あれから諏訪と話した？」

「いいや。俺からも連絡してねえし、向こうからも連絡ねえし、片方だけ色々したって続かねえし、いいんだよ、このままで。下手に話とかしたら余計こじれるし」

「本当にいいの？」

「……しょうがねーじゃん、こっちだけいくら好きでも」

マヤちゃん先輩はすいと顔を背け、ホームの端へ歩いていく。自販機でジュースを二本買い、一本を高良に渡し、自分は自販機の側面にもたれてプルトップを開けた。

「あー、まじ九州とか行きたくねえわ」

レールの向こうに見える景色に向かって、マヤちゃん先輩は目を眇める。

「今からでもあのオッサンと別れてくんねえかな。高良、お前ちょっとうちのオカン誘惑してこいよ。現役高校生に迫られたらオッサン捨てるかもしんねえし」

「俺、マヤちゃん先輩のお父さんになるの？」

「俺より年下の親父か。それもきっついな」

炭酸をけぷっと吐き、マヤちゃん先輩はふいにうつむいた。

「……早く、大人になりてえなあ」

小さな呟きはホームに響くアナウンスにかき消されて、自分たち以外の誰の耳にも届かない。やりきれない思いも、ささやかな願いも、現実にはなんの力も及ぼせない。

早く大人になりたい。全てを自分で決められる大人だったら、マヤちゃん先輩を九州なんかに行かせない。小さな弟も妹もまとめて面倒見るから行かないでと言えるのに。そもそも、そんなことをお願いできる権利は自分にはないとしても。

「なに泣いてんだよ」

そう言われ、初めて自分が泣いていることに気がついた。頬をぬぐったら手の甲がべったり濡れて、ひどく恥ずかしい思いをした。マヤちゃん先輩が小さく笑う。

「お前、やっぱ俺が会った中で一番いいやつだわ」

「……嬉しくないよ」

高良は顔をゆがめた。前にも言われた『いいやつ』。このまま別れたら、きっとマヤちゃん先輩の中で自分はずっと『いいやつ』のままだろう。そして『いいやつ』はすぐに忘れ去られる運命にある。頻繁に繰り返される電車アナウンス。もう時間がない。

自分はなんのためにここまできたんだろう。焦りが募る。もう諏訪のことなど忘れてほしい。自分が毎日電話する。休みの日は自分がマヤちゃん先輩に会いに行く。込み上げてくるいくつもの言葉。ああ、違う。本当に伝えたいことはそんなことじゃない。もっと単純で、でも強い気持ちの塊だ。世界で一番口にするのに勇気がいる言葉だ。

——ずっと、マヤちゃん先輩が好きだった。

言えよ。じゃないとこのまま終わりだ。

マヤちゃん先輩の前に立つと、綺麗な顔が真正面から自分を捉えた。長めの前髪から覗く涼しく切れた瞳。根元が少し黒くなった茶色の髪。日差しに透けた先が金色に光っている。言葉を引ったくられるくらい綺麗で、馬鹿みたいに見つめるしかない。

「俺さ」

マヤちゃん先輩が呟いた。

「諏訪よりも、お前と先に会いたかったよ」

「え？」

「そしたら、なんか変わってたかもしんないじゃん」

今からでも遅くない。そう言いかけたけれど、

「まあ、もう遅いんだけど」

こちらの心を読んだような言葉に、すうっと頭が冷えた。

先に出会っていたら、なにか変わっていたかもしれない。けれど、実際先にマヤちゃん先輩と出会ったのは諏訪で、それはやり直しのきかない現実で、つまりはどうしようもできないということなんだった。ぼんやり、静かに脱力していく。

当たり前だけれど、マヤちゃん先輩には自分の気持ちはとうにばれていて、恐らく今も高良が言おうとしている言葉に気づいていて、応えられないから、決定的に傷つけないよう、さりげなく先回りをしてくれたのかもしれない。なんだか笑ってしまう。

笑ってしまうくらい——手が届かない。

本当に優しい人だとぼんやり思った。そこが諏訪をつけあがらせた原因でもあったけど、怖そうな印象とは真逆の、優しさの裏にあるもろさが好きだった。

もうすぐお別れなのに、たった今ふられたというのに、なにを自分は好きな気持ちの再確認をしているんだろう。馬鹿じゃないだろうか。でもそれでも好きだ。どうしてだろう。馬鹿すぎておかしい。笑おうとしたけど、口元がみっともなくゆがんだだけだった。

「マヤちゃん！」

ふいに諏訪の声が聞こえた。マヤちゃん先輩が弾かれたように振り返ったのと、諏訪がこちらに気づいたのは同時だった。諏訪は呼吸を乱して肩を上下させていた。

「……マヤちゃん、よかった、間に合った」

息を継ぎながら、途切れ途切れに言う。

「マヤちゃん、俺、ひどいことばっか言ってごめん」

滅多に見せない諏訪の真顔。

マヤちゃん先輩がきゅっと歯を食いしばる。

「好きだったよ。マヤちゃんのこと、俺、まじ好きだったから」

馬鹿野郎。それは俺が言いたかった言葉だ。高良はきつく手をにぎりこんだ。

マヤちゃん先輩は唇を引き結んだままなにも答えない。でも、どれだけこらえても、きっとマヤちゃん先輩はもうすぐ決壊する。見とれるほど綺麗な顔がゆがんで、涙をこぼす瞬間を見たくなくて、高良はその場から立ち去った。

出張らしいサラリーマン、ボストンバッグに手を塞がれた旅行者の間から、小さな男の子と女の子が顔を出した。しっかりと手をつないでキョロキョロしている。

「鈴樹ちゃん、清水くん、どうしたの」

高良が前に立つと、ふたりは「あっ」と笑顔になった。

「らくだのおにいたん。うちのおにいたんどこ？」

「もうすぐでんしゃくるから、おかあたんがよんでこいって」

鈴樹と清水が交互に喋る。高良は「あっちにいるよ」とホームの端を振り返った。ふたりがそちらに駆け出そうとしたので、慌てて引き止めた。

「おにいたん、今、別のおともだちと話をしてるから、少しここで待ってよう」

「でも、でんしゃくるもんっ」

「くるもんっ」

高良は苦笑いでふたりを抱きあげた。

「うん、だから、少しでもたくさんお話させてあげよう？」

そう言うと、ふたりは顔を見合わせ、同時にコクンとうなずいた。

高良はホームの端にある自販機に目をやった。

あの陰で、ふたりは抱き合っているかもしれない。

キスをしているかもしれない。

想像すると胸が痛いので、目を閉じて自分だけのマヤちゃん先輩の姿に浸った。茶色の髪の隙間からちらりと見える薄い耳たぶ。みっつ並んだピアス。バイクの後ろに乗せてもらったとき、高良の頬を打った髪先。

忘れられるかな。忘れられないな。どうしたらいいのかな。胸を打つ記憶も、好きだと伝えられなかった後悔も、届かなかったあれもこれも。どれも半端な場所にひっかかって胸を苦しくさせるばかりだ。アナウンスが電車の到着を告げている。

マヤちゃん先輩の引っ越しを境に、諏訪との仲は元に戻った。以前ほど頻繁にではないが高良の離れに遊びにくるし、夕飯も食べていく。

あの日ホームまで追いかけてきたものの、やはり諏訪は諏訪で変わることなく、マヤちゃん先輩とは別れ、今は別の高校の女の子とつきあっている。あの日「好きだった」と過去形で告げられたときから、マヤちゃん先輩もわかっていたんだろう。

高良の方は、電話やメールでマヤちゃん先輩とつきあいを続けている。電話はいつも高良の方からで、最近はメールの返信もなかなかこなくなった。

正直、心配だった。マヤちゃん先輩は第一印象が怖いし、愛想もない。新しい学校、新しい友人、新しい家族とうまくやっていけてるだろうか。でも自分にできることなんてなにもなかった。

考えてもしかたないことを考えて、グルグルするというやりきれない日々を過ごす。そばにいなければ気持ちもいつか冷めるだろうと思っていたのに、今のところそんな気配はみじんもない。ずっとマヤちゃん先輩を好きなまま、変われないでいる。

高良はもう髪を染めようとは思わないし、バイトをしたいとも、バイクを買おうとも思わない。期末テストは変わらず学年一位をキープしている。でもバイクに二ケツで走っていく連中を見ると、それすっごい気持ちいいよなと気持ちがわかるようになった。

冬休みの少し前、諏訪の両親の離婚がようやく決まった。冬休みを待って関東の母方の実家に引っ越すことになったと昼休みの屋上で言われ、高良は茫然とした。

「マヤちゃん先輩が引っ越さなくても、俺が引っ越したら結局一緒だったよな」

諏訪は軽く笑っていたが、さびしさは隠しきれていなかった。

「どうせなら、九州に引っ越しだったら運命的だったのにな」

そう言うと、「運命なんてねえよ」とあっさり返された。

諏訪が引っ越す日は、家族みんなで見送りに行った。さびしくなるとか、なにかあったらいつでも相談してなど親たちが話している場所から少し離れて、ふたりでいつもと変わらないくだらない話をした。諏訪が暮らす街は東京《とうきょう》まで急行で一時間。渋谷《しぶや》や原宿《はらじゅく》でかわいい女の子をナンパしたいとか、芸能人に会えるかなとか、諏訪は最後まで湿っぽいことは言わず、じゃあなの一言で電車に乗り込んだ。

帰り道、父親が運転する車の助手席で母親が急に泣き出した。そこで高良は初めて知った。諏訪の父にも母にも新しい恋人との再婚話が持ち上がっていて、どちらも息子を引き取ることを渋っていたらしい。この一年、諏訪の行き先だけが宙ぶらりんだったのだ。

「あの子、そういうの一言も言わないでいつも笑ってて……」

涙ぐむ母親の肩のラインを、高良は後部座席からじっと見つめた。

——だって、ひとりになりたくねえんだもん。

今さらよみがえってくる、諏訪のいくつかの言葉。

――みんな誰かと一緒で、楽しそうで、自分だけひとりだとさびしいじゃん。

歯を食いしばり、高良はぎゅっと拳を握りしめた。知らなかった。そんなことちっとも知らなかった。叫び出したい衝動に駆られて携帯を取り出した。諏訪にメールを打とうとして、でもなんと打っていいのかわからなかった。今さら本当かと聞いてどうするつもりだ。今さらごめんと謝ってどうするつもりだ。諏訪は笑うだけだ。いつものように、軽い調子で。

――あいつ、誰とも深くつきあいたいとか思ってなさそう。

以前、マヤちゃん先輩が言っていた。マヤちゃん先輩は、諏訪のさびしさに薄々気づいていたんだろうか。諏訪があんなに人なつこい理由も、次々と浮気をするわけも。

――環境が整ってるから正しくいられるだけだろ。

――駄目ってんじゃなくて、なんか教科書みたいっていうか。

ふたりの言葉がつぶてみたいに飛んできて、胸に波紋を広げる。自分は諏訪の気持ちになどなにも気づかず、正論だけで上から責めていたのかもしれない。

――けどお前はそのままがいいかな。ちょっとだせーくらい優等生でさ。

奥歯を強く噛みしめ、窓の向こうを流れる景色を見た。

「……父さん、ごめん、降ろして」

窓から高校の校舎が見えて、高良はなんとなく車を降りた。

地肌をむき出しにして寒そうな桜並木を見上げて歩く。冬休み中でも部活はあって、階段を上がっていく間、ずっとブラスバンド部の演奏が聞こえていた。ラプソディ・イン・ブルー。屋上に続くドアは休み中で鍵《かぎ》がかかっていたので、高良は職員室に向かった。

失礼しますと礼をして、壁に掛かっている鍵を普通に取っていく。何人か教師はいたけれど、学年一の優等生の高良にはなにも言わなかった。廊下を歩いている途中、生活指導の新田《にった》先生とかちあい、「頑張ってるな」と意味不明の言葉をかけられ、肩を叩かれた。

まっすぐ伸びる廊下が、自分を乗せるレールみたいで切なくなる。きっともう諏訪ともマヤちゃん先輩とも交わらない。ふたりを乗せて走っていった電車を思いだす。

屋上に続くドアを開けると、びゅっと風の塊が吹きこんで一瞬目をつぶった。

——おー、弁当きたかー。

マヤちゃん先輩の声が聞こえた気がした。でも給水塔には誰もいない。

——今日、弁当なに。

諏訪の声が聞こえた気がした。でも振り返っても誰もいない。

高良はPコートのポケットから携帯を出して『真山南《みなみ》』を呼び出した。呼び出し音が何度か続いたあと、『よう、久しぶり』と懐かしい声が出た。最近はメールばかりで、声を聞くのは一ヶ月ぶりくらいだ。短い挨拶だけで胸がしめつけられた。

『諏訪、引っ越したよ。さっき見送ってきた』

少しの間のあと、『そっか』と返ってきた。前にメールで伝えていたのでマヤちゃん先輩は驚かなかった。内心はどうあれ、様子を聞きたそうな素振りも見せない。別れてから一度も諏訪のことを聞かれたことはないので、逆に忘れていないことがわかる。

『今、学校いるんだけど』

『冬休みなのに？』

『優等生だから』

『なんだそれ』

マヤちゃん先輩の声に笑みが滲《にじ》む。きっと苦笑いをしている。目をつぶっていても鮮明に思い浮かべられる。傷みすぎて先が白くなった茶色の髪や、細いうなじ、同じ制服とは思えない垢抜《あかぬ》けたライン。教科書など入ってなさそうな薄い鞄の持ち手を片側だけ肩にかけて、もう片方はぶらぶらさせながら、泳ぐように廊下を歩いていく。

『マヤちゃん先輩』

『ん？』

『三人でいたころ、楽しかったね』

『ああ』

『本当？』

『ほんと』

けれど嘘みたいに聞こえてしまう。

『俺、さびしいよ』

少しだけ間が空いた。

『ばーか』

ぎこちないタイミングでマヤちゃん先輩が笑う。耳元で風が渦を巻いて、せっかくのマヤちゃん先輩の声をさらっていく。それが悲しくて、高良も笑った。

『マヤちゃん先輩』

『なに』

『俺のこと、忘れないで』

また、少し間が空いた。

『忘れねえよ』

でも、きっと、どれだけ約束しても忘れてしまうんだろう。そういうものだとわかっている。枝分かれして伸びていく枝みたいに、元は確かにつながっていたのに、大きくなるほど互いに届かなくなって、遠いところで葉を揺らし合うだけになるんだろう。

——だから、せめて今すぐ会いたいよ。

言葉にならないまま、気持ちごと吹き飛ばすような強い風。

フェンスの金網に指をひっかけ、高良は生まれた街の風景をぼんやり見つめた。

ずっと、
きみが好きだった

拍手と歓声が聞こえてきて、真山南《まやまみなみ》は振り向いた。

テラスの窓越し、ケーキにナイフを入れている新郎新婦が見える。ふたりにカメラを向ける笑顔のゲストたち。幸せな光景を、真山はなんとも言えない気持ちで眺めた。

「お兄ちゃん、こんなとこいたの。写真撮るからきてよ」

妹の鈴樹《すずき》がテラスに顔を出した。

「俺はいい。オカンの式なんだから、旦那とふたりで撮ったらいいだろ」

今夜は母親の再々々……五度目の再婚式だ。年甲斐《としがい》もなくマーメイドラインのウェディングドレスにマリアベール姿の母親と、その母親の隣でデレているオッサンをチラ見した。

「その旦那さんがみんなで撮ろうって言ってるの」

真山は舌打ちした。お互いの子供も巣立って家族的な意味は薄いとはいえ、一応義理の父親だ。母親が円満な新婚生活を送るためにも、つまらない波風は立てないほうがいい。しょうがねえなあとぼやき、真山は鈴樹と共に店内に戻った。

真山が高校時代、九州で農家をしている男と結婚した母親だが、何年か前に離婚し、これが最後よと今回の結婚になったわけだが、真山はあまり信じていない。子供のころから、新しいお父さんが入れ替わり立ち替わり、現れては消えていった。しかし母親の老後のことも考えると、そろそろ本当に打ち止めにしてくれないだろうかと切に願っている。

今回は身内と親しい友人だけを招いたこぢんまりしたパーティで、新郎新婦と互いの家族を中心にして記念写真を撮ったあと、再婚相手のオッサンにつかまった。

「まだ一度もゆっくり話してないのに、息子だなんておかしな感じだなあ」

酔いで上機嫌なオッサンに肩を叩《たた》かれ、真山はそうですねと答えた。五十半ばらしいが、くたびれた感じはしない。腹も出ておらず、白髪混じりのヒゲがしゃれた印象だ。

「東京《とうきょう》で働いてるんだろう。今夜はわざわざ帰ってきてくれてありがとう」

「いえ、こっちこそ、あんまり顔も見せられなくて」

「清水《しみず》くんとも会いたかったなあ」

「せっかくの席なのにすんません。あいつも仕事が忙しいみたいで」

「いやいや、男はそれくらいでいいんだ。南くんはなんの仕事をしてるんだっけ」

「あー……、飲食関係の店でマネージャーを」

とっさにごまかした。まさかキャバクラのマネージャーをしているとも言えない。オッサンは結構酔っているのか、「ほう、飲食か」と赤い顔でなにやらうなずいている。

「南くんは、地元にはもう帰ってこないのかい？」

「どうですかね。今は向こうですけど、先のことは自分にもよく……」

語尾をにごした。都会の片隅でキャバクラ勤めの息子としては、母親の旦那とふたりきりというのはなかなか気づまりだ。早く誰かきてくれないか。

「――でさ、ここ、南くん、やってみない？」

適当に聞き流していたので、真山は慌てて意識を戻した。

「なんですか？」

「ここ、俺の店なんだよ」

オッサンは赤い顔で、やや得意そうにミッドセンチュリー風のしゃれた店内を眺めた。市内で飲食店をいくつも経営していて、ここもそのうちのひとつだという。

「今、厨房入ってる店長、さ来月辞めちゃうんだよ。南くん、飲食やってるんだろう。それもマネージャー。だったらうちにどうかなと思って。給料は悪くないと思うよ」

「あー……、どうも。でも無理ですよ」

真山はビュッフェスタイルのテーブルに目をやった。サラダからメイン、デザートまで様々な料理が並んでいる。店長が厨房に——ということは、料理人も兼ねているということだ。

「初心者じゃないけど、たいした料理経験ないんで」

しかしオッサンは「あー、いいの、いいの」と顔の前で手を振った。

「看板には一応ビストロって出してるけど、ぶっちゃけるとここは洋風居酒屋。ウリもふたつだけ。看板メニューの丸鶏のコンフィとチーズスフレ。それだけ作れればあとはそれなりで充分。客はほとんど大学生だし、酒入るとみんな細かい味なんてわからないから」

適当こきやがって、という気持ちを隠して真山は話を聞いた。

近くに大学があるおかげで店は繁盛している。夏場は裏手の川を眺められるテラス席が特に人気だと、オッサンは機嫌よく喋《しゃべ》り続けている。その隣で「へえ」「はあ」と適当なあいづちを打っていると、いい具合にポケットの中で携帯が鳴った。

「あ、すいません。ちょっとメールで」

同時にオッサンもやってきた仲間に引っぱられ、真山はごく自然にその場を離れることができた。

テラスに出て、着信画面を確認すると友人からだったのでメールを読んだ。

『幸司《こうじ》が連絡くれって言ってる。ちゃんと伝えたからな』

真山は溜息《ためいき》をついた。『幸司』とは、一昨日浮気が発覚したばかりの真山の恋人だ。自分からの電話やメールだと無視されるので、共通の友人に頼んだのだろう。迷惑な男だ。

持ってきたビールを飲みながら、未開封のままだった幸司からのメールを開ける。内容はどれも似たようなものだった。浮気をしたことを謝るもの、いつ帰ってくるのか問うもの。さびしいと訴えるもの。十七通きていて、八通まで読んであとは削除した。

心底うんざりした気分で、真山はテラスの手すりに肘《ひじ》をついて川を眺めた。恋人の浮気は今回が初めてじゃない。以前から何度も同じことをして、謝られ、許して、また繰り返し、ついに最終地点まできたという気がした。

真山はテラスの手すりに突っ伏した。恋愛が終わると、いつもどっと疲れる。恋愛啓蒙本のように、恋は失ったがなにかを得られたというようなこともなく、ただただぐったりしてしまう。充電するまでしばらくかかる。

背後からは、相変わらずにぎやかな音楽が聞こえる。せっかくのめでたい席で、こういう気分になるのが嫌だから無視していたのに――。

のろのろと顔を上げ、真山は暗い川面を見つめた。夜なのでなにも見えない。長い溜息をついたとき、チリンと軽やかな音が響いた。

向こう岸からライトをつけた自転車がやってくる。暗くてはっきりとは見えないが、二人乗りで、どこかの高校の制服を着ている。後ろに立ち乗りしている男子が前の男子の肩に手をかけ、なにがおもしろいのか、ふたりしてしきりに笑っている。

走り去っていく自転車を、真山は対岸からぼんやりと見送った。光の尾をなびかせて見えなくなった自転車は、流れ去っていった時間のように思えた。自分にもあんなころがあったな。あれから何年経ったんだ。いち、に……と頭の中で指を折る。

十三年――。

ぽかんとして、それから小さく笑った。なんだか冗談みたいに思えたのだ。

目の前の川幅は狭く、せいぜい五メートルほど。なのにさっきの高校生たちとの間に、どうしようもないほどの距離を感じた。どうやっても、もうあちら側には行けないなという諦《あきら》めに似た思い。胸の中を風が吹き抜けていく感覚に、真山は目をつぶった。

――マヤちゃん先輩。

なんの脈絡もなく、ふと清潔な笑顔と声がよぎった。

高良晶太郎《たからしょうたろう》は当時つきあっていた男の身内で、医者の息子で、絵に描いたような優等生の坊ちゃんだった。下手するとうっとうしく感じるほどの真っ直ぐさが、高良に限っては純で朴訥《ぼくとつ》に感じられた。上っ面じゃない、根っからいいやつだったからだろう。

そう思う一方で、高良はどこか遠い存在だった。

いいやつだったし、友人だったけれど、自分とはあきらかに住む世界が違っていた。頭もよく、育ちもよく、思い出の高良はいつも指が切れそうなほど真っ白のシャツを着ている。

ああ、そうかと心の中で呟《つぶや》いた。なぜ急に高良を思い出したのか、なんとなくわかった。高良の清潔感や汚れのなさは、自分が思う高校時代というものを象徴しているのだ。

――あいつ、元気にしてるかな。

もう会うこともない男を懐かしみながら、真山はもう一度目をつぶった。今の自分は、仕事も恋愛もどれも中途半端で嫌になる。いっそ全てをリセットできるボタンがあればいいのに。

もしくは時間を巻き戻して、帰りたい。

どこに帰りたいのかはわからないけれど。

■
■
■

半年後――。

どこに帰りたいかわからない。が、とりあえず真山は地元に帰った。

つきあっていた男と別れ、キャバクラも辞め、母親の再婚相手が経営している店の店長におさまったのだが、当初の不安をよそに店は繁盛している。

週末で混み合う時間帯、また入口のドアが開いた。いらっしゃいませとオープンスタイルのキッチンから真山は振り向いた。若い女のグループだ。学生より年齢はやや上か。四人いいですかと問われ、店内を見回したがテーブルは全てふさがっている。

「すいません、カウンターならいけるんですけど」

「カウンターかあ。どうしよう」

女の子たちは顔を見合わせて相談しはじめる。お客さまは神さまだが、ただでさえ料理を出すのが遅れてきているので、早く決めてほしい。ジリジリしながら待っていると、男がひとり遅れて入ってきた。先頭の女の子が「あ、先生」と振り向く。

「先生、カウンターしか空いてないみたいなんですけど」

「君たちがよければ構わないよ」

柔らかな笑みを浮かべる男を見て、真山は茫然《ぼうぜん》と見つめた。視線を感じたのか、男がこちらを向いた。少しの間をはさみ、大きく目を見開く。

「……マヤちゃん先輩？」

「や、やっぱ高良か？」

前の女の子たちをかきわけ、高良がカウンターの前に立った。

「マヤちゃ――真山先輩、なんでこんなとこに。あ、いや、お久しぶりです。ここで働いてるんですか。全然知らなかった。いきなりすぎてびっくりした」

カウンターに身を乗り出す高良を、女の子たちがぽかんと見ている。

「あ、とりあえず座るか？　カウンターだけど」

席を勧めると、高良は「いいかな？」と後ろを振り返った。女の子たちは勢いに押されるようにコクコクとうなずいた。

まずはおしぼりを出し、ドリンクのオーダーを聞いていく。店は満席で、アルバイトはいるが、店長である自分もちゃきちゃき働かないと回らない。料理と格闘し、たまにチラッとカウンターを見ると、必ず高良と目があう。軽く会釈され、真山も目だけで笑みを返し、さりげなく仕事に戻るを繰り返した。

――おいおい、まじで高良だぞ。

なにも困ることはない。なのになぜか困っている自分に戸惑った。

自分より一つ下なので、今年で三十か。見た目は高校生のころの面影が残っている。

生真面目さや真っ直ぐさという美点が、逆に高良を野暮ったく見せていたあのころ――。今も浮ついた感じはない。けれど若いころにはそぐわなかった美点が、今の高良にはぴたりと馴染《なじ》んでいる。笑い方や仕草ひとつとっても、地に足の着いた印象を受ける。

オープンが焼き時間終了を告げ、真山は現実に返った。できあがった料理をカウンターに置くと、入れ替わり新たなオーダーが入る。週末のピークタイムにぼけっと昔を懐かしんでいる暇はなく、やっと一息入れられたのは十二時も回ったころだった。何組かまとめて客が帰り、残ったテーブルもまったりと飲みの態勢に入っている。

――やっとゆっくり話せるな。

けれどその矢先、高良たちのグループから会計の声がかかった。落胆が生まれる。が、しかたない。これが平日だったら少しは話もできたのに――。

「ありがとうございました。こちらになります」

伝票を渡すと、当然ながら高良が財布を開いた。「ごちそうさまです」と女の子たちが声をそろえる。釣りを受け取ると、高良は待っている女の子たちに向きあった。

「今夜は楽しかった。ありがとう。俺はもう少し飲んでいくから」

女の子たちが「え」と高良を見た。真山もだ。

「先生、飲み足りないならつきあいますよ」

「いや、いいんだ。店長さんと知り合いで少し話がしたいから」

高良は柔らかく、しかしはっきりと断った。女の子たちはわかりましたとうなずき、おやすみなさいと帰っていく。にこやかにそれを見送ってから、高良はカウンターに座り直した。きちんと視線を合わせられ、迎える真山の方がなぜか慌ててしまった。

「えーっと、どうしよう。なんか飲むか？」

「じゃあワインを。白で銘柄はなんでも」

「安いのしか置いてないぞ」

思わずそう言った。高良を包む空気はゆったりと落ち着いていて、こんな内装がしゃれているだけの学生向けの店で飲むようなタイプに見えない。高良は笑って否定した。

「俺はたいして味に詳しくないので。それより、せっかくだし一緒に飲みませんか」

真山は空いた店内を見回した。この様子ならいいかとグラスをふたつ出す。うっすらレモン色の白ワインを、高良と自分のグラスに注いだ。

「じゃあ、乾杯」

カウンター越し、グラスを軽く合わせる。ずっとストーブ前に立っているので冷たいワインが喉《のど》に気持ちよくすべり落ちていく。息をつくと、目があった。

「先輩、全然変わってないですね」

「それ、全然褒めてねえな」

しかめっ面を作ると、高良は笑った。

「言葉を間違えました。変わってないというより、昔より綺麗《きれい》になった」

危うくむせそうになった。

「お前、言葉のチョイス間違えてんぞ」

綺麗なんて三十越した男に言うことか。真山は背を向け、つまみの用意に逃げた。オリーブのマリネを皿に盛りつけながら、頬がじわじわと熱を持っていく。昔からストレートな言葉や態度に弱かった。顔色が戻るのを待って、つまみの皿を出した。

「先輩、シェフになったんですね」

高良がオリーブを口に入れ、おいしいと顔をほころばせる。

「そんないいもんじゃねえよ。適当、適当」

「でも、料理どれもすごくおいしかったですよ。特に鶏のコンフィとチーズスフレ。あんな難しそうなの、プロじゃないと作れないんじゃないですか?」

真山は苦笑いを返した。母親の再婚相手は商売のコツを知っている。

「まあそこそこなんでも作るけど、全部見よう見まねで資格とかは持ってねえよ。ここだってオカンのダンナがオーナーやってて、学生向けのリーズナブルな店だし」

「お母さんの旦那さん……ですか?」

高良の目に迷いが浮かぶ。

「ああ、そっか。お前知らねえんだよな。うちのオカン、九州のダンナとも離婚してこっちに帰ってきたんだよ。もう五、六年前じゃねえかな」

「え、じゃあ先輩ずっとこっちにいたんですか」

「いや、俺はまた別のとこで」

ワインをちびちび飲みながら、真山は今までのことを話した。

高三で地元を離れたあと、元ホステスに農家のヨメは無理だろうという予想を裏切って、母親はうまく田舎に溶け込んだ。向こうの親がいい人たちだったおかげもある。幼い鈴樹と清水も義理の祖父母にかわいがられ、心配していた義父からの虐待なんて悲劇も起きず、逆に中途半端に大人な真山だけがぽつんと浮いてしまった。

高校を卒業してしばらくしたころ、孤独にかられて衝動的に諏訪《すわ》に電話をした。ちょうど向こうも東京で一人暮らしをはじめたばかりでさびしかったのだろう。「こっち出といでよ」と誘われ、たかがそんな一言で恋が再燃してしまったのだ。

翌月には九州を飛び出し、諏訪と半同棲の生活になだれ込んだ。そのころにはうすうす気づいていたが、自分という男はどっぷりと恋愛に溺《おぼ》れるタイプだった。

「……同棲ですか。諏訪と」

高良の声は複雑で、なんとなくバツが悪くなった。

「まあもうとっくに別れたし、今は連絡も取ってねえけどな。お前は諏訪とは?」

「親戚なんで母親同士は連絡を取ってますけど、個人的には全然です。高校のときに引っ越して半年足らずで連絡取れなくなったし」

「あいつはさびしがりだからな。向こうにツレができたらそっちばっかだ」

「だと思ってました。しかたないやつだなって」

ふたりで苦笑いを交換しあった。

「でも、先輩と電話つながらなくなったときはショックだったな」

どきりとした。けれどうろたえずにすんだのは、店が忙しかった間に言い訳をちゃんと考えていたからだ。

「悪い。海で落としてデータ飛ばしたんだ。あのときはいっぺんに友達なくした」

「ああ、そうだったんですか」

安堵《あんど》が伝わるほほえみに、真山の胸は痛んだ。

高良との連絡を絶ったのは、諏訪と元さやに戻ったことが原因だった。諏訪といるとき、ふいに紛れる高良からのメール。諏訪と暮らしていることを伝えようかと思ったが、なぜだかそれは高良を裏切っているような自己嫌悪につながった。どうしてそんな風に感じたのかわからない。

あのころの自分は、情けないほど諏訪に夢中だったのに――。

諏訪は初めて自分をかわいいと言った男で、キスをした男で、抱きあった男で、馬鹿じゃないかと思うほど単純に、わかりやすい形で愛を見せてくれた男だった。

一方でその愛は、子供の作る砂山みたいにもろいものだった。溺れる人間がなにかに縋《すが》るような愛し方をするくせに、少しでも距離ができれば呆気なく切れてしまう。

目の前にあるものしか信じられないさびしい男と、恋に溺れるタイプの自分は、悪い意味でぴたりとはまり合った。割れ鍋に綴《と》じ蓋《ぶた》とでもいうのか。ほしがる側と与える側。けれどどれだけ与え続けても、諏訪との関係があたたかいもので満たされることはなかった。

十九のときに一緒に暮らしはじめ、底なしにさびしがり屋の諏訪の浮気に悩まされ、このままではいつかビルから飛びおりる羽目になると、逃げるように別れたのが二十四のとき。

そのあとは、つきあった男に合わせて引っ越しを繰り返し、飲食や水商売のバイトを適当に流してダラダラ二十代を浪費した。その間に母親が離婚して弟や妹をつれて地元に帰り、今回また別の男と再婚するという知らせを受けたのが半年前。

ちょうど同じころ、つきあっていた男の浮気が発覚した。諏訪と似たような甘え上手なロクデナシで、何度同じことを繰り返すつもりかと、ほとほと疲れた。無性に地元が懐かしくなり、もう少しまともな暮らしをしたいと切に願った結果、今に至る。

「まあ、俺もいいかげんしっかりしねえとな」

真山は肩をすくめて話を締めくくった。

「浮気した彼氏とは？」

「別れた。ほかさんといてとかベソベソ泣きやがって、泣きたいのはこっちだ」

「ほかさん？」

「捨てないでって意味で……、ああ、京都《きょうと》の男だったんだよ」

「へえ、京都ではそう言うんですか」

はじめて知ったなあ、ふうん、そうかと高良は楽しそうにワインを飲む。

「人の失恋話を聞いて笑うな」

「すいません。じゃあ先輩、今ひとりなんですね？」

「ああ、もう当分愛だ恋だはいい。自分に愛想が尽きるばっかだ」

三十も過ぎると、男運が悪いなんてただの自己弁護だとわかってくる。つきあう男は自分を映す鏡だ。駄目男ばかりにぶちあたるというのは、こちら側にもなにか問題があるということで、気づいたなら同じ間違いをしないようにするのが真っ当だとは思うが、俺って駄目だよなあとぼやくだけで、特になんの努力もしなかった。

「俺は、とことん二十代を無駄にした気がする」

「そんなことないでしょう」

「そんなことあるんだよ」

奥の客が席を立ち、真山はありがとうございましたと頭を下げた。

「で、お前は？　東京の医大に行ったんだよな」

「はい。卒業したあとそのまま付属の大学病院に勤めてたんですけど、今年の二月に父親が胸の発作で倒れてしまって、大学病院には辞表を出して戻ってきました」

「親父さん、大丈夫なのか？」

昔一度会っただけだが、優しそうな人だった。

「倒れたのがAEDのある医院の方で、すぐに救急処置できたのがラッキーでした。でも足に若干麻痺《まひ》が残っちゃって……。リハビリしないといけないんですけど、倒れた原因が心臓だからそうそう無理もできないし、多分長丁場になると思います」

「……そうか」

ワインをつぎ足してやると、高良は表情を明るく入れ替えた。

「でも父自身はしゃんとしてるんで、そこは楽です。見舞いに行くと鰻《うなぎ》が食べたいとかバーベキューしたいとか、食べ物のことばっかり言ってうるさいくらいなんで」

「気力があるのが一番だ」

励ますように言うと、高良は笑顔でうなずいた。

「けどやっぱ医者はモテるんだな。さっきも若いねーちゃんたちに囲まれやがって」

高校時代の高良からは考えられない光景だった。

「あ、それは違います。毎年大学の講堂を借りた眼科コメディカルがあって、医師会から順番に講師役が回ってくるんですよ。今年はうちで、さっきの子たちは受講生です」

「コメディカル？」

「眼科助手に必要な知識の講習会というか。正式な資格じゃないけど試験もあって、これを受けてると眼科で働きやすいから若い女の子に人気なんですよ」

「ああ、だから先生って呼ばれてたのか。まあ医者は普段から先生だけど」

「身の丈に合ってなくて恥ずかしいです」

さらりと受け流す高良からは、嫌味にならない程度の余裕が感じられた。人には生来の気質が引き立つ年齢というものがあり、大人になるにつれ魅力を失う人間と、逆に増していく人間がいる。高良は後者で、自分は前者だと思う。これは卑下《ひげ》ではなく客観だ。

「仕事はどうだ。大学病院と開業医はまた違うんだろう？」

「そうですね。実をいうと研修期間が終わったばかりで、もう少し向こうで経験を積みたかったのが本音です。医局の下っ端からいきなり全責任を持つ立場は怖いし、若先生とか呼ばれるのも微妙にプレッシャーというか。まあ地元なりにいいところもあるけど」

「たとえば？」

「祖父の代からやってるせいか、古い患者さんが色々助けてくれるんですよ。俺より薬の位置に詳しかったりしてね。『若先生、ネオシネジンならそこにあるよ』って」

高良が情けなさそうに顔をしかめ、真山は想像して笑った。

「それに、まさか先輩に会えるなんて思ってなかった」

「ああ、俺も驚いた」

茶化して肩を竦めたが、高良は笑わなかった。

「もう、二度と会えないと思ってた」

高良の声が微妙に変化した。グラスの前で行儀よく重ねられていた手が、ゆっくり形を変えていく。顎《あご》の下で両手を祈るような形に組み、高良は目を細めた。

「本当に、すごく嬉しい」

眩《まぶ》しそうに見上げられ、周りの空気がじわりと温度を上げていくのを感じる。それにつられるように、ある記憶がよみがえった。

高良とは、一度だけキスをしたことがある。

高校三年、最高で最低だった海でのバイト。高良の自分への気持ちを知り、そのあと一方的に距離を置いた。それまでどんな思いで自分と諏訪を見ていたのか。もっと余裕をもって受け止めてやればよかった。でもそんなのは今だから言えることで、当時の自分にはあれが精一杯だった。自分も幼かったのだ。

様々な場面が胸をよぎり、どんどん落ち着かない気分になっていく。

高良はまだ自分を見ている。

まさか、今さらなにかがはじまったりしないだろうなと焦りはじめたとき、

「そろそろ帰ります」

唐突に高良が言い、真山は幾度かまばたきをした。

肩透かしをくらったような、でもホッとした気分で伝票を取る。

「久しぶりだし、俺のおごりだ」

伝票を胸ポケットにしまうと、高良も素直に財布をしまった。

「じゃあ甘えます。ごちそうさまでした」

前の通りまで一緒に出ると、初夏のむっとした空気が全身にまとわりついた。

「もうすぐ夏ですね。嬉しいな」

「夏、好きだったか？」

「春が終わってくれてホッとしてるんです。花粉症とか、眼科健診とか、春は眼科医にはハイシーズンなんで、毎年桜を見る暇もない」

店の前で青々とした葉を茂らせる桜の木を、高良は恨めしそうに眺めた。

「また、きてもいいですか？」

「いいけど……」

「けど？」

さっきの妙に熱っぽい視線を思い出した。

「敬語、やめろよな」

とりあえずそう言った。ずっとおかしな感じがしていたのは本当だった。

「すいません。第一声で思わず『マヤちゃん先輩』って呼んだけど、久しぶりに会う先輩に失礼かなど思って慌てて敬語にしたんです。でも……」

「でも?」

今度は真山が問い返した。

「喋りづらいなあって」

高良が肩をすくめ、真山は笑った。微妙だった空気がふわりとほぐれて、真山はまたこいよとポケットから名刺を出した。

「携帯、教えてもらっていい?」

「朝は寝てるから出ねえと思うけど」

ナンバーを書き込んで渡すと、高良は名刺を大事そうに財布にしまった。そして自分も名刺を出し、携帯番号を書き込んだ。

「もう海に落とさないで」

真山は苦笑いを返した。

「じゃあおやすみ、マヤちゃん先輩」

高良が手を振ったとき、夜風が吹いて桜の葉がざざっと鳴った。

瞬間、くるくると時計の針が逆行して、高校生にもどったような不思議な感覚に襲われた。

けれど、そんなことはありえない。

現実は冗談みたいにたくさんの時間が流れて、自分たちはいい年の大人になった。

「テラス空いたけど、たまには移動するか?」

カウンター越しに声をかけると、高良はいいよと首を横に振った。

「カップルが語り合う夏の夜のテラスで、俺だけ川のせせらぎを相手に飲むなんて、罰ゲームとしか思えない」

拗《す》ねた口調に、そりゃそうだと真山は笑った。

あれから、ちょくちょく高良は店にくるようになった。高良の医院は午前診と午後診があり、仕事が終わるのは八時半から九時。昼間に三時間ほど休憩が挟まるとはいえ、拘束時間としてはきつい。なのに週に二度は顔を出してくれる。早い時間なら電車で、遅い時間だと車できて、帰りはちゃんと運転代行サービスで帰っていく。

「マヤちゃん先輩も飲もう」

ワインボトルを差しだされ、真山は棚から自分のグラスを出した。閉店間際で客はテラスにカップルが二組のみ。高良は状況を見てくれるので助かる。

「お疲れさま。平日なのに今夜は忙しかったね」

ねぎらいの言葉と一緒に、真山のグラスにワインを注いでくれる。ボトルを持つ高良の手は指先まできちんとしている。切りそろえられた清潔な爪、荒れや黒ずんだところなどどこにもない。

「なに笑ってるの?」

「いや、インテリくさい手だなあと」

「どこが?」

「手入れが行き届いてて、力仕事とかしたことなさそう」

からかうように笑うと、高良は口をへの字に曲げた。

「そう言われても、これも仕事のうちだし……」

「そうなのか？」

「眼科医は患者さんの顔に触れることが多いから、手は特に気を遣うよ。目を見るときは上瞼《うわまぶた》と下瞼を持って瞳を開けなきゃいけないし、点眼するときも額や頬に触れるし」

ほらと鞄《かばん》からハンドクリームを取り出され、まじかよと笑った。

「マヤちゃん先輩も、接客業だから気を遣うだろう」

「不潔は厳禁だけど、特になにかしてるってのはねえな」

「マヤちゃん先輩は、なにもしなくても昔からかっこいいからなあ」

「なに言ってんだか」

「本当だよ。同じ制服なのに、なんであんなに差がつくのか不思議だった。いつも女の子にきゃあきゃあ言われて、でも女の子たちの気持ちわかったなあ。普通に歩いてるだけなのに、すごくかっこよかった。ちょっとだるそうで、いつも左に傾いてて」

古い記憶と照らし合わせるように、高良が今の真山を見つめる。眩しそうに細められた目から、自分だけに向かってくる熱を感じる。最初は戸惑いを覚えたそれを、真山はゆるい笑みで受け流した。高良がそれ以上踏みこんでこないことを、もう知っている。

踏み込まれないことに、たまに物足りなさを感じるときもあるが、そういうときは目の前の男と寝ることを想像してみる。寝ることは簡単で、まあまあ楽しく、けれど身体を重ねてしまえば憧れなんて淡いものは消え失せ、そこからはもういつもと同じだ。

会って、寝て、喧嘩をして、仲直りをして、男同士なので結婚というゴールはなく、何種類かのパターンを経て別れがくる。パタパタとドミノが倒れていくようなイメージ。最初から展開が読めてしまうドラマと引き替えに、高良を失うのは嫌だった。

——これくらいが一番いい距離ってもんだな。

もう何度も繰り返した答えが出たとき、入口のドアが開いた。

「お兄ちゃーん、ちょっと飲ませて」

鈴樹だった。夜中をすぎているというのに息子の勇人《ゆうと》を胸に抱いている。

「お前、こんな時間に保育園のガキ連れて飲み屋にくんじゃねえ」

「わかってるわよ。けどもう限界なの。最近仕事忙しくてストレスたまっちゃって、でも勇人いるから夜遊びできないし、このままじゃあたしキレる」

「甘えんな。子供作った以上それが親の責任だろうが。帰れ」

鈴樹はぷうっと頬を膨らませた。小さな子のいる母親には見えない。

「お兄ちゃん、ちょっと厳しすぎる。あたし家に勇人置いて、他の店に飲みにいくこともできたのよ。けど留守の間になにかあったらやばいから、怒られるの覚悟してお兄ちゃんの店にきたんじゃない。そういうあたしの親心を少しは評価してよ」

「するか、ボケ。そんなに大変なら離婚しなきゃよかったんだ」

「年がら年中浮気するアホにあれ以上つきあってられないわよ」

鈴樹が吐き捨てたとき——。

「鈴樹ちゃん?」

高良が立ち上がった。鈴樹は勇人を抱いたままそちらを見る。

「久しぶりだね。俺のこと覚えてないかな。お兄さんの友達で、昔のばら保育園で会ったことがあるんだよ。引っ越しのとき、駅でも会った。清水くんも一緒だった」

首をひねっていた鈴樹が、「あ」と口を開いた。

「黄色の三輪車くれた人だ」

「そうそう」

高良は鈴樹に抱かれている勇人をのぞきこんだ。

「息子さん？」

「うん、勇人っていうの。今年二歳。勇人、挨拶《あいさつ》は？」

「おったん、こんちわ」

ぺこんと首を前に倒す勇人を見て、高良は懐かしそうに目を細めた。

「鈴樹ちゃんの小さいころにそっくりだ。あのときは『おにいたん』って呼ばれたけど、今は『おったん』かあ。まあしかたないね。鈴樹ちゃんがもうお母さんなんだから」

「そうそう、鈴樹も昔は可愛かったよな。今じゃこんなんだけど」

真山はわざとらしい溜息混じりに呟いた。

「かわいいだけじゃ女は生きていけないのよ」

鈴樹は生意気なことを言い、勇人を床におろした。

「はい、適当に遊んでなさい。あんまちょろちょろすんじゃないわよ」

そして笑顔で高良の隣に座った。

「昔のよしみで、一緒に飲んでもいいですか？」

「もちろん、好きなの飲んで。おごるよ」

「やったあ。お兄ちゃん、生中ちょうだい。あとチーズも」

「調子に乗んな。まだ未成年だろうが」

「子供産んだらもう大人なんですー。それにお兄ちゃんだって昔飲んでたじゃない」

こいつめ。にらみつけたが鈴樹はぺろっと舌を出した。しかたなくビールとつまみを出し、珍しそうに店をうろついている勇人に目を光らせつつ、三人で乾杯をした。

保育園のころからすでにやんちゃの気配を漂わせていた鈴樹は案の定、十七歳で五つ年上の男とデキ婚をし、真山同様相手の浮気癖に悩まされ続け、結婚二年目で離婚した。今は飲料水メーカーで事務員をしながら、ひとり息子の勇人を育てている。

「母子家庭だと色々大変だろうね。誰か相談できる友達はいる？」

高良が問う。

「うーん、みんな独身だしなかなかね。遊びの場に子供つれていくと嫌がられるし」

鈴樹は唇を尖《とが》らせた。

「清水くんはどうしてるの？」

「ああ、あいつは東京で女のヒモみたいなことしてる」

「ヒモ？」

高良が目を丸くしたので、真山はさりげなくフォローに入った。

「こないだ電話したら、映画会社に就職したって言ってたぞ」

「なにが映画会社よ。あいつのことだから十中八九ＡＶね」

「……否定しきれねえな」

思わず納得すると、高良が耐えかねたようにふきだした。

「マヤちゃん先輩んとこはみんな波瀾万丈だなあ」

おかしそうに笑う高良の隣で、鈴樹はうまそうにビールを流し込んだ。

「あー、やっぱ外で飲むお酒はおいしいわ。家だと盛り上がらないしね」

「ほどほどにしとけよ。勇人、毎日こんな遅くまで起きてるのか？」

「今日だけたまたまよ。保育園帰ってきてからずっと機嫌が悪かったの。ご飯は手づかみであちこち投げつけるわ、叱《しか》ったらすごい声で泣くわ、あたしもうヘトヘトよ」

「けど、勇人にはお前しかいねえんだし――」

そのとき突然なにかが倒れる音と、火がついたような泣き声が響いた。インテリアとして飾ってあった観葉植物が倒れている。脇に勇人が転がっていて、手にちぎれた葉をにぎりこんでいる。葉っぱを引っぱって鉢ごと倒したらしい。

「勇人！」

鈴樹が慌てて抱き起こし、きゃっと短い悲鳴をあげた。勇人の右目の周りが血で真っ赤に染まっていた。高良が駈《か》け寄り、「見せて」とのぞきこむ。

「眼瞼《がんけん》を切ってるだけだと思うけど、ちゃんと診察したほうがいい。マヤちゃん先輩、悪いけどタクシー拾ってきて。うちの医院に連れていく」

「わかった。おい、店適当に閉めといてくれ」

アルバイトに店の鍵を渡し、真山は外へ飛びだした。通りでタクシーを停めていると、すぐに勇人を抱いた鈴樹と高良がやってきた。夜中だったので道は空いている。電車で二駅ほどの距離を走る間、泣きやまない勇人を抱きしめ、鈴樹はごめんねごめんねと謝り続けていた。


「診察の前に、傷口の消毒だけしてしまおう」

まっくらな医院にあかりをつけ、高良は診察室の椅子にかけてある白衣を羽織った。店で寛いでいたときと違い、引き締まった顔になっている。傷口をアルコール綿でぬぐわれた勇人が大泣きし、押さえている鈴樹まで目に涙を浮かべている。

「よしよし、傷自体はそれほど深くないな。じゃあ次は目を見よう。鈴樹ちゃん、勇人くんを膝に置いて向こうのスリットに座って。そう、その顕微鏡みたいな台の椅子《いす》に」

淀《よど》みなく指示を出し、暗室っぽくなっている奥の部屋で高良は勇人を診察した。スリットランプという器具で勇人の目をのぞきこむ。

「うーん、角膜も傷がいってるなあ。けどこれくらいなら一週間もすれば治る」

スリットとつながれたテレビ画面の画像とを高良は丁寧に見比べる。

再び診察室に戻ると、勇人の切った瞼にガラス棒で薬を塗り込んだ。角膜についた傷のせいで右目からだけぽたぽたと涙をこぼす勇人に、「すぐに痛くなくなるからね」と点眼麻酔をしてくれた。手でこすらないよう眼帯を当てるころには、勇人はすっかり泣きやんでいた。

「先生、本当にありがとうございました」

鈴樹が何度も頭を下げる。すっかり先生呼びになっている。

「だから言ったろうが。だいたいな、お前は親の自覚が足りな――」

「まあまあ、もう今夜はいいじゃない。ほら、勇人くんもあんなことになってるし」

高良が割って入ってくる。見ると、勇人は待合室の床に膝立《ひざだ》ちで、ソファにしがみついたおかしな格好で眠っていた。鈴樹がそっと勇人を抱きあげる。とりあえず今夜は帰ろうと、みんなで駅のタクシー乗り場へ向かった。

「先生、ありがとうございました。お兄ちゃん、迷惑かけてごめんね」

半分開いたタクシーの窓から、鈴樹はまだ頭を下げ続けている。

「鈴樹ちゃん、もういいから今夜はゆっくり休むんだよ。あんまり色々考え込まないで、子供なんてみんな怪我して大きくなるんだからね」

高良が慰めるように言葉をかける。鈴樹はしおらしく「はい」とうなずいた。タクシーが走り去ると、どっと疲れが込み上げてくる。真山は背中を丸めて溜息をついた。

「仕事中に大変だったね。マヤちゃん先輩も帰って休んでよ」

「いや、俺は大丈夫だ」

真山は慌ててしゃんとした。

「高良ももう帰るんだろう。近所だし歩きか？」

「片づけがあるから、俺は一旦医院に戻るよ」

「じゃあ俺も手伝う」

「いいよ、そんなにすることないから」

と言われても、はいそうですかと帰れない。プライベートで飲んでいる最中に、しかもこんな夜中に仕事に引き戻してしまったのだ。申し訳なさが伝わったのか、「じゃあお願いしようかな」と言ってもらえて真山はホッとした。

しかし真山が手伝えることはあまりなかった。使った器具を消毒用トレーにわけ、機械の電源を落としてカバーを掛ければ終わり。壁にかけられた視力検査用のランドルト環や、レトロな薬棚を覗きながら、真山はちらちらと高良を盗み見た。

診察をしたときの白衣のまま、高良はカルテに所見を書き込んでいる。理知的な横顔に清廉な白がひどく似合っている。普通のボールペンではなく、万年筆を使う男を真山は初めて見た。無意識に見とれていると、ふいに高良がこちらを向いた。

「マヤちゃん先輩、鈴樹ちゃんってどこに住んでるのかな」

「え、あ、川井町《かわい》？」

焦ってしまい、疑問形になってしまった。

「川井町……、なら佐野《さの》眼科か」

独り言のように呟き、高良はまた机に向かう。自分にできることは特になく、もう帰った方がいいかもとソワソワしていると、高良が万年筆を置いた。

「マヤちゃん先輩、鈴樹ちゃんとこの地区の先生宛に紹介状を書いたから、悪いけど明日にでも渡してくれるかな。さっき渡してあげればよかったのに、後手後手でごめん」

「いや、こっちこそわざわざ悪い」

侍史《じし》という読み方すらわからない脇付《わきづけ》がついた封筒を受け取りながら、壁にかかっている時計を見た。もう二時近い。高良は明日、寝不足で仕事をすることになるだろう。申し訳ない気持ちに拍車がかかった。

「本当に遅くまで悪かったな。鈴樹にはちゃんと言い聞かせとくから」

「いいよ。彼女も大変なんだろうし」

「いいや、あいつはちょっと人生舐《な》めすぎだ。一発ガツンと――」

「言わないであげて」

高良の声が真剣みを帯びた。

「鈴樹ちゃん、相当疲れてると思うよ。うちも若いお母さんの患者がいて、たまに話を聞くことがあるんだけど、小さい子がいるとなかなか遊びに行けないし、鈴樹ちゃんみたいな若すぎるお母さんはママ友の輪に入れないことも多いらしいよ。まず昼間働いてるから話す機会がないし、といって同い年で独身の友達とは子供の話はできないしね」

高良は所見が書き込まれたカルテを見ながら言った。

「もちろん、子供連れで飲みにいくのはいけないことだけど、お兄さんの店だから、よそのお店なら行かないってのは本当なんじゃないかな。それでマヤちゃん先輩にまで怒られたら、鈴樹ちゃん、本当にもう逃げ場がなくなるよ。その方が怖いと思う」

真山はなにも言い返せなかった。高良の口調は説教じみてもおらず、ただただ心配している感じが伝わってくる。だから余計に自分が思いやりのない男に思えた。誰に言われずとも、そんなことは身内が一番にわかってやるべきことなのに……。

「でも、身内だからこそ心配して怒るんだよね。余計なこと言ってごめん」

ちゃんとこちらにもフォローを入れてくれる気遣いに、真山の心は軽くなった。

——こいつ、本当にいい男になったよなあ……。

大人になって、けれど高良の芯はいい意味で変わっていない。若いころは融通のきかなさと紙一重だった正義感が、今は色んな立場の人間にソフトに注がれている。

「いや、言ってもらえてよかった。俺はそこまで気が回らなかった」

ありがとうと素直に言うと、高良はそれ以上なにも言わず笑顔でうなずいた。

「こんな夜中に病院開けてもらって悪かったな。今度なんか礼する」

「いいよ。怪我人の治療するのは医者の仕事なんだから」

「そういうわけにいかねえだろ。頼むから、なんかさせてくれ」

高良は考えこんだ。

「うーん……、あ、じゃあ昼飯ごちそうしてほしい。できたらあんまり凝ってない、普通の定食屋さんがいいなあ。俺は食べ物屋には疎くて、どこかいいところ知ってる？」

すぐに何軒かお勧めの店が浮かぶ。しかし——。

「けど、礼に定食屋ってのもなあ」

「俺はそれがいいんだよ」

高良は勢い込んだ。高良の父が入院しているのは、リハビリで有名な病院なのだが、自宅から遠いのが唯一の難点だ。母ももう年で、毎日長時間の移動はこたえる。なので病院の近所にウィークリーマンションを借り、母はそこから父の病院に通っている。

「今うちは俺ひとりで、まあなんというか、情けない話だけど……」

「家庭料理に飢えてんのか？」

問うと、高良は諦めたようにうなずいた。家の近所にも定食屋はあるが、あまりおいしくない。あとは酒がメインの居酒屋やおしゃれなカフェばかり。最初はそれでもよかったが、何ヶ月もそんな食事が続くとうんざりしてくる。しかし高良は料理ができない。

「お前、そういうことは早く言えよ」

そうと知っていたら、店でももう少し気を遣ってやったのに。

「でも、いい年して自分の飯にも不自由してるなんて格好悪いし」

「東京じゃどうしてたんだ。ひとり暮らしだったろ」

「向こうのときは、近所におふくろの味っぽい定食屋があったから」

「ふうん。ま、誰か作ってくれるやつもいたんだろうけど」

特に含みのない言葉だったが、高良は一瞬、迷うような曖昧《あいまい》な笑みを浮かべた。

そのせいで、もう一歩踏み込みたい衝動が湧《わ》いた。

「いたんだろ？　つきあってたやつ」

「……それは、まあ、それなりに」

高良は言いにくそうに認めた。十年以上も東京にいたのだ。恋人くらいいて当然だ。なのにおもしろくなかった。不機嫌さをごまかすために、笑顔で質問を重ねていく。

「どんなやつ？」

「同じ病院の臨床検査技師」

「どんなとこに惚《ほ》れてたんだよ」

それは……と高良が口ごもる。教えろよとつっつくと、やっと口を割った。

「パッと見はクールなんだけど、実は情にもろかったり、ギャップが素敵な人だったかな。東北出身で、怒ったり興奮したりすると東北弁に戻るのがかわいかった」

へえと真山は笑顔を作った。自分から聞いたくせに後悔していた。

臨床検査技師とはどんな仕事なんだろう。頭の中で、イメージがひとり歩きしていく。白衣を着て、病院の廊下を並んで歩く高良とその男。想像の中でもお似合いな——。

「俺が、作ってやろうか?」

勝手に口が動いていた。

「え?」

「昼飯、家庭の味がいいんだろ。だったら、どっか店行くより俺が作ってやるよ」

言いながら、なにを面倒くさいことを言ってるんだと焦っていた。

「お前の都合のいいとき、昼間店にこいよ」

「お店、私用に使ってもいいの?」

「構わねえよ。どうせ昼間から仕込みで店入ってるし。本格的なフレンチ作れって言われたら無理だけど、家飯レベルでいいならいつでもこい。特に食べたいもんあるか」

「豆腐の味噌汁と玉子焼き」

間髪いれず返ってきた答えが、飢えを証明していて笑った。

「昼ってより、朝食メニューだな」

「じゃあ、朝に食べさせてくれる?」

「は？」

思わず問い返した。しかし高良は「すごい楽しみだな」と会話を進めていく。

「まさかマヤちゃん先輩に作ってもらえるなんて思わなかった」

「週二ペースで食ってるだろ」

「店のメニューとは違うし」

高良は上機嫌で白衣を脱ぎ、診察室のあかりを消した。

裏口から外へ出て、またタクシー乗り場まで歩く中、「玉子焼きは関東風じゃなくてだし巻きにしてほしい」と言われた。東京に十年以上いたが、それだけは不満だったという。

他愛ない会話を交わしながら、真山は別のことを考えていた。

――じゃあ、朝に食べさせてくれる？

その問いの続きはどうなった。ただの冗談か。それともすでに昼飯ではなく朝飯に変わっているのか。わざわざ確認はしづらい。駅に着くと、すぐにタクシーが一台やってきた。

「じゃあお昼、行く前に電話するよ」

窓越しにあっさり言われ、瞬間、肩透かしをくらった。

「ん？」

「あ、いや、なんでも」

――そうだよな。俺と高良で今さら……。

おやすみと返すと、タクシーが走りだす。

ひとつめの角を曲がり、真山はシートに深くもたれた。流れる景色を眺めながら、不覚にも釈然としない気分だった。


翌日、鈴樹に電話をかけた。紹介状を預かってるので、夕方ポストに放り込んどいてやると伝えたあと。勇人の様子を聞くと、元気に保育園に行ったと言われてホッとした。いつもなら用件だけで切るところ、昨日高良に言われたことが引っかかっていた。

「なに。まだなにかあるの？」

電話の向こうで鈴樹が身構える。説教をされると思っているのだ。

「ん、いや……。なにかあったら、ひとりで悩んでないで相談しろよ」

「え？」

「お前も大変そうだし、たまにならうちに飲みにきていいから」

鈴樹が黙り込む。しばらくすると、ズズッといきなり鼻をすすりだした。

「鈴樹？」

「ご、ごめ……、絶対怒られると思ってたから」

よっぽどストレスがたまっていたのだろう、子育てのことを話し合える同年代の友人がいない、どこにも吐き出す場所がない、たまに勇人に八つ当たりをしてしまう、そういう自分が怖いということを、鈴樹はしゃくりあげながら打ち明けた。

真山はあいづちを打ちながら、心の底から高良に感謝した。

――マヤちゃん先輩に怒られたら、鈴樹ちゃん本当にもう逃げ場がなくなるから。

高良に言われなかったら、絶対に鈴樹を責めていた。そのときの鈴樹の気持ちを思うとゾッとする。たまに見るニュース番組でも、児童虐待はあふれている。

「ごめんね、お兄ちゃん、ちょっとスッとした」

一時間近く子育てのしんどさを語ったあと、鈴樹はスンと鼻を鳴らしてそう言った。声に少し明るさが戻っていて安堵する。

「話聞いてくれてありがとね。なに言ってるか全然わかんなかったと思うけど」

「お前なあ」

真山は苦笑いを浮かべた。

「誰がお前と清水を育てたと思ってんだ。遊びたい盛りの男子高校生が保育園のガキ、それも二匹だぞ、二匹。お前の話聞きながら、俺も昔の苦労を思い出した」

「清水はともかく、あたしはいい子だったじゃない」

よく言うよと笑いながら、真山は思い出した。鈴樹と清水の世話に手を取られ、諏訪と会う時間がなかなか取れず、ストレスがたまってかなり切ない思いをした。あのころの自分と今の鈴樹は、ひとつしか年が違わない。

「あーあ、やっぱ新しい旦那見つけた方がいいかなあ」

「候補いんのかよ」

「いないことはないけど、もう苦労したくないから、今度はもっと毛並みのいいお金持ちがいいなあ。あ、昨日の先生ってもう奥さんいるの？」

「高良か」

「医者だし絶対にお金持ちよね。結構男前だったし」

反射的にむっとした。

「ばーか。高良のよさがお前なんかにわかってたまるか。つうかお前、料理ドヘタクソじゃねえか。高良狙うんなら味噌汁くらいマトモに作ってから言いやがれ」

「なに急に怒ってんのよ。そんなムキにならなくても、ただの冗談でしょう」

「うるせえ。尻の軽い馬鹿女みたいなこと言ってねえで、ちったあ真面目に子育てしろ」

「あー、やっぱりお説教するんだ」

結局いつもの兄妹《きょうだい》喧嘩がはじまり、そのままのノリでじゃあなと電話を切った。舌打ちをしたのは、妹相手にムキになったバツの悪さをごまかすためだ。なんだか落ち着かなくて、乱暴に床に寝ころんだ。手が熱い。握ったままの携帯が熱を帯びている。

携帯を天井にかざし、真山は着信履歴を呼びだした。一時間以上話していたので、もしや高良から電話が入っているかもと思った。けれどメッセージはない。

そういえば……と着信履歴を遡《さかのぼ》っていく。

店には頻繁にくるくせに、電話番号も交換したのに、高良からプライベートの電話はない。今まで気にしなかったことが、なぜか気になってしまう。

高良は自分のことをどう思っているんだろう。たまに向けられる熱のこもった目線から、ただの友人以上に思われていることは察しがつく。でもそれはどの程度だろう。昔の恋を懐かしんでいるだけか、それとも新たになにかをはじめたいのか。

——じゃあ、朝に食べさせてくれる？

昨夜の言葉を思い出し、胸を浅く揺らされた。

いいよと言ったら、あいつはどう答えていただろう。

その前に、自分はなぜ手作りしてやるなどと言ってしまったんだろう。

なぜと問いながら、理由などとうにわかっていた。昔の恋人の話をされておもしろくなかったのだ。自分は特別だと、どこかうぬぼれていた気持ちにヒビが入ったのだ。

普段はクールなのに、実は情にもろく、怒ったり興奮したりすると東北弁になるのがかわいい人だったと言っていた。東北弁……。どんな言葉だったろう。ドラマなどで聞いた気もするが、忘れてしまった。携帯で『東北弁』を検索しながら、途中でふと我に返った。

なにを真剣に調べているんだと、真山は頬を熱くした。

久々にのめり込んでいく感覚を思い出し、誰もいない部屋でしかめっ面を作る。うだうだしているうちに出勤時間になり、真山は家を出た。店へ行きかけ、思い直して遠回りをしてスーパーに寄った。日持ちする充塡《じゅうてん》豆腐、わかめ、油揚げ、味噌。電話をしてからくると言っていたが、急にきたときのために買っておいたほうがいい。


「店長、これなにに使うんすか」

閉店作業中、厨房を片づけていたバイトが冷蔵庫から豆腐を出した。他にも店のメニューには使わない和風の食材がいくつか。

「ああ、わりい。持って帰るわ」

真山はスーパーの袋にそれらをつっこんだ。

——じゃあ、朝に食べさせてくれる？

脳裏をよぎった言葉に、小さく舌打ちをした。行く前に連絡すると言われてから一週間、高良からの電話はない。再会して以来、こんなに間が空いたのは初めてだった。空白の一日が延びるたび、自分がどれだけ待っているか思い知らされる。いつきてもいいようにと買った食材も出番がないまま、ぴんと張っていた気持ちもだれてしまった。

お疲れさまですと原チャリで帰っていくバイトを見送り、真山は苛々《いらいら》しながら店の戸締まりをした。明日は休みだし、今夜は家飲みでもするか。この豆腐は食ってやる。刻みネギをザクザクかけて生姜《しょうが》と醤油《しょうゆ》。油揚げはネギと鰹節《かつおぶし》を詰めてさっと焙《あぶ》ってポン酢。わかめは韓国風にごま油とキムチを混ぜて——考えているとタクシーが店の前で停まった。

「マヤちゃん先輩！」

降りてきたのは高良だった。あかりの落ちた店を見て、「……間に合わなかった」と肩を落とす。バツが悪そうにこちらをうかがう高良に、真山は斜めに向かいあった。

「約束は確か昼飯だったのに、なんで今こんな暗いんだろうな」

真山は月の輝く夜空を見上げてうそぶいた。

「ごめん！」

高良は潔く謝った。この一週間、昼の往診が立て込んだこと、夜は夜で助手の送別会やセミナーへの急な呼び出しがかかったりで忙しかったことを早口で説明する。

「今日は医師会の会合で、連絡入れようかと思ったんだけど……」

その続きは真山にもわかる。ちゃんと日を決めて約束をしていたわけでもなく、恋人同士でもない友人に、いちいち行けませんコールをするのもどうかと思う。それでも約束をすっぽかされたような気分を自分は味わっているし、高良は約束をすっぽかしたような気分で謝っている。気持ちはぴたりと合っていて、真山は手にしていた袋を見つめた。

「腹、どうだよ」

ぼそっと聞いた。

「なんか食ってきたんならいいけど」

「え、あ、宴席だったし飲むばっかりで」

「うちで食うか？」

少し間が空いた。「え？」と問い返される。

「時間外だし、店使うのもアレだし」

早口で告げると、高良の表情が微妙に変化した。

あ、スイッチ入ったぞと自分で自分に警告する。こういうパターンをもう何度経験しただろう。けれど一旦口にした言葉は取り消せないし、正直取り消したくもない。たかが一週間ぶりなのに延々待たされた気分で、このまま「じゃあ、また」なんて別れられそうにない。

「迷惑じゃないなら」

高良は神妙な顔つきでそう言った。真山のマンションは店から五分ほど。短い距離を他愛のない話をしながら歩く。けれどお互い上の空で、内容は右の耳から左の耳へ通過していく。歩きながらたまに手の甲がぶつかって、そのたび軽い緊張が走る。

——やっぱこれ、そういう空気なんだよな。

——でも本当に飯を食うだけというパターンも……。

——いや、いい年こいてそれはないだろう。

自問自答しながら招き入れた部屋に、「お邪魔します」と高良は礼儀正しく挨拶をして入ってきた。玄関から入ってすぐキッチン、奥にリビングと寝室。男のひとり暮らしで荷物もあまりない。床には雑誌や服が乱雑に散らばっている。

「適当に座っとけよ。すぐ作るから」

「ごめん。仕事終わったばっかりなのに」

気にすんなと返事をし、キッチンからちらっとリビングを見た。

小さめのリビングテーブルの前で、高良は遠慮がちに座っている。室内を気にしながら、でもあまりジロジロ見ないようにしているのがおかしい。

「おまちどおさん」

豆腐と油揚げの味噌汁、だし巻き玉子、おにぎり。簡素な食事に高良は目を輝かせた。いただきますと手を合わせ、汁椀に口をつける。目を閉じ、うまい……としみじみ呟いた。

「急だったし、市販のだしの素だぞ」

「そういうのがまたいいんだよ。店っぽさがなくて」

高良はおにぎりと味噌汁を交互に口に運び、一息ついてからだし巻き玉子を割った。ふんわり上がる湯気に目を細め、大きめに割った一切れを口に運んだ。

「あー、うん、これ。こういうのが食べたかったんだ」

高良は本当にうまそうに食う。どんどん平らげていくのに、箸《はし》さばきが綺麗なのでガツガツしているように見えない。食べ終えると、箸をきちんとそろえて置き、ごちそうさまでしたと手を合わせる。気持ちのいい食べ方だった。

「足りなかったらなにか作るぞ」

「大丈夫。ちょうどいい量だった」

高良は空の皿を満足そうに眺めた。

「やっぱり食事って大事だな。味の基本が同じだと安心する」

「ああ、味噌の種類とかな」

高良はそうそうとうなずいた。

「東北の恋人とは味が違ったのか」

また余計なことを聞いてしまった。

「おいしかったけど、ちょっと濃かったかな」

「あっちの料理は塩気がきいてるって言うな」

自分も京都の男とつきあったとき、白味噌の雑煮を作らされて辟易《へきえき》した。なぜ味噌があれほど甘いのか。餅も焼かないので、汁がどろっとして真山の口には合わなかった。

「でも、その人はなるべくこっちに合わせてくれたよ。塩控えめで作ってくれて、でもやっぱり怒りながら作るとしょっぱかった。言葉と同じなんだっておかしかったな」

「仲、よかったんだな」

先日と似たような苛立ちを感じたが、真山は笑ってあいづちを打った。

「そんなラブラブだったんなら、こっちに戻ってくるとき揉《も》めたんじゃないか」

そう言うと、高良の表情が微妙に硬くなった。地雷を踏んだかと危ぶんでいると、「うん、揉めた」とあっさり肯定され、こちらの方が返答に困ってしまった。

「地元に帰るって言ったとき、その人から結婚したいって逆プロポーズされた」

「は？」

思わず問い返した。

「恋人って女か？」

目を見開く真山に、高良は困った顔をした。

「自分から好きになるのは男が多いけど、女の人が全く駄目ってわけじゃないんだ。その人は向こうから告白してくれて、年齢的に俺も将来のこと考えてたときだったから」

「……ああ、将来、ね」

なんとも言えない気分で反芻《はんすう》した。実際恋愛と結婚で悩むゲイは多いし、開業医の跡継ぎという立場ならなおさらだ。わかっているが、一気にテンションが落ちた。この一週間やきもきさせられて、やっと会えて家に誘い、こんな夜中に味噌汁など作った挙げ句、女との恋バナなど聞かされている自分がアホに思えてくる。

「もしかして、今も遠恋してるとか？」

これ以上落胆しないよう、予防線を張った。

「いや、別れたよ。いい人だったし、一瞬結婚しようかなって迷ったけど」

「すりゃあよかったのに」

床に後ろ手をつき、なげやりな気分で言った。

「でもその人、マヤちゃん先輩に似てたんだよ」

「へ？」

「この人と結婚したら、俺は一生マヤちゃん先輩を忘れられないなと思って」

真山はまばたきを返した。意味がわからない。

「いい人だったし、生活のリズムも合った。結婚するに当たって不都合もなくて、でも最後の踏ん切りがつかなかった。なんでだって考えて、やっと気づいた。その人だけじゃない。男でも女でも、俺はつきあう相手には、いつもどこかマヤちゃん先輩の影を探してた」

うつむきがちだった高良が、ふっと目線を上げた。

真っ直ぐ見据えられ、真山は動けなくなった。

「またマヤちゃん先輩に会えたとき、本当に夢みたいだった」

ゆっくりと顔を寄せてくる。

「……おい」

「逃げないで」

よけようと思えばよけられた。でも、そうしなかった。

自分も待っていたのだ。

目をつぶると、唇が触れ合った。

「二度目だね」

吐息混じりの言葉に、遠い記憶がよみがえった。夜の海辺で唐突に交わしたキス。真山が拒んだとき、高良は泣きそうな顔をしていた。若い高良。大人の高良。全然違うような、どこも変わっていないような。遠くて近い、昔からなんとなく特別だった存在。

「ずっと、こうなりたかった」

かすれ声での告白と一緒に、三度目のキスをされた。唇を合わせながら体重をかけられ、防ぎきれずに身体が傾《かし》いだ。腹筋に力を込めたが、あっけなく床に倒れ込む。

「ピアスあったよね、昔、ここに」

耳たぶに触れられた。そこは弱いのだ。ぴくんと首を竦ませると、顎を持ちあげられ、また唇が重なった。

「みっつ並んでた」

「すごく綺麗だった」

「さわりたかった」

キスの合間に喋《しゃべ》るから、互いの間にある空気までどんどん熱く湿っぽくなっていく。

高良のキスは心地よかった。やたら舌をからめたり歯列をなぞったりする男がいるが、ああいうのは好きじゃない。こんな風に、ゆったりと唇を合わせてくるキスがいい。

なにかを確かめるみたいに肩や脇腹のラインをなぞられ、体温が徐々に上がっていく。下着の中に手が忍び込み、すでに勃《た》ちあがっているものをにぎりこまれ、思わず息を詰めた。そのままやんわりとこすられると、嚙《か》みしめた歯の間から息が漏れる。

「……ちょ、待った」

鈴口を指でいじられ、しがみつく格好で手の動きを阻止しようとした。けれど行為は止まらない。

泉のように湧き上がる快感に、じわじわとその兆しが近づいてくる。射精の衝動に、腰の奥がズキズキと甘く疼《うず》きだす。たまらず身体がよじれた。

「駄目、逃がさない」

そうじゃない。このままだと下着を汚してしまう。

腰を引こうとすると、逆に愛撫《あいぶ》が深まった。内腿《うちもも》が大きく痙攣《けいれん》する。

「あ、あ……っ」

ぎゅっと高良のシャツにしがみついた。

大きな手に包まれたまま、性器が熱い蜜《みつ》をふき零す。荒い息をつきながら、ゆっくり全身が弛緩《しかん》していく途中、濡《ぬ》れた下着の中で高良の手がさらに奥へと潜り込んでいく。

「く……っ」

背後のすぼまりに触れられた。ぐっと体重をかけて押さえ込まれ、自分が吐きだした液体を潤滑油代わりに、狭い場所をじわじわとほぐされていく。

入ってこようとするものを、男に慣れた場所はなんなく受けいれる。たかが指一本。痛みなどない。なのに相手が高良だと思うと恥ずかしい。身体に妙な力が入る。

「大丈夫だから任せて。力抜いて」

耳元で低くささやかれ、背筋が震えた。指はゆったりと動きながら、最短距離でその場所を探り当ててくる。身構える間もなく、感じすぎる場所を強く押されて腰が跳ねた。

「きつい？」

やんわりさすられると、腰全体が角砂糖みたいに甘く砕けていく。昔の優等生イメージのまま慣れない手管を予想していたのに、これは結構場数を踏んでいる。それとも人体の基本構造をわかっているからなのか、指一本で簡単に理性をはがされていく。

ふくれあがるばかりの快感に、再び頭をもたげた性器がまた泣きじゃくりはじめた。背後を穿《うが》つ指が増えていき、動きに合わせてくちゅくちゅと濡れた音を立てている。さっき吐きだしたものと併せて、下着の中は恥ずかしいほどに濡れている。

「中、気持ちわりい……」

途切れ途切れに訴えると、後ろを苛《さいな》んでいた指が抜かれた。

「腰、上げて」

言われた通りにすると、ハーフパンツごと下着を脱がされた。体内でくすぶり続ける熱は高まる一方で、抱き合って唇を合わせながら、高良も器用に服を脱いでいく。両足を大きく割られ、背後に熱く猛ったものを押しつけられる。次の瞬間、身体が竦んだ。

「ちょ、ま、待った」

背後に押し当てられたものの大きさに、予想外の焦りが生まれる。

「んっ、く……っ」

散々かき回されて柔らかくなった場所が、じわじわと口を開けていく。久しぶりなのできつい。それ以上に大きい。苦しさに息が詰まり、無意識に歯を食いしばった。

「ゆっくりするから、息して」

あやすようにくちづけられる。じわりじわりとどこまで押し入られてしまうのか、誰にも拓かれたことのない場所にまで高良は入ってくる。

「あ……っ、くそっ、も、無理……っ」

　思わず訴えてしまった。すごい圧迫感に呼吸がうまくできない。初めてでもないのに、初めてのときより怖い。ひたすらしがみついて耐えていると、侵入がやんだ。

「ごめん、大丈夫？」

　ようやく入ったようだ。うっすら汗をふきだしている額にキスをされた。いい年をしてうろたえてしまった自分が恥ずかしくて、顔を背けると、その頰にまでキスをされた。

　つながったままキスばかりを繰り返して、互いの肌が馴染んだころ、わずかに高良が腰を揺らした。ささやかな動きだったのに、引きつった声がもれた。

「痛い？」

　首を横に振った。気持ちよかったのだ。それも驚くほど。

　先をねだるように腕をからませると、高良は再び動きはじめた。ごくごく小さな動き。なのに頭のてっぺんから爪先まで痺れるほど気持ちいい。相性なんてもんじゃない。でっぱりとへっこみが完全に一致して、わずかにこすれあうだけでも一番感じるところに当たる。

「あ……っ、ん、んんっ」

　予想外の速さで迫ってくる快感に、無意識に押し返すような動きをしていた。

　途中で手首を取られ、床に縫い止めるように押さえつけられる。嫌なんじゃない。よすぎてすぐにいってしまいそうなのだ。抗えない状態で下から突きあげられ、大きすぎる快楽に喉を塞がれる。

　奥まで入れられたまま腰を回され、身体の芯まで痺れた。

「も、いく……っ」

訴えと同時に、重なった身体の間で熱い液体が広がっていく。放出のたび、受けいれている場所がひくついて高良をしめつける。息を乱して快感に支配されるしかない様子を、食い入るように見つめられる。視線だけで興奮して、また中がしまる。

「……じろじろ……見んな」

途切れ途切れ、羞恥の裏返しで憎まれ口を叩いた。はじまって間もなく、こんなに早くいかされたことはなかった。視線から逃れたくて顔を背けると、強引に元に戻された。

「見たいよ。俺で気持ちよくなってるマヤちゃん先輩が見たい」

キスしながら、そろそろと高良が腰を引いていく。

「んうっ、あ……っ」

浅いところを強くこすられ、背筋がのけぞった。ただでさえ弱い場所。それも達したばかりで敏感になっている粘膜が切ない悲鳴を上げる。続けざまそこばかり責められ、快感に頭から沈められていく。無意識にやめてほしいと訴えていた。

「よくない？」

「ち、ちが……っ」

責められているのは浅い場所で、そこから生まれる熱で奥が疼いてたまらないのだ。なんとかしてほしい。早く。早く。

「もっと、奥……っ」

自分から抱きよせると、一気に最奥まで突き入れられた。望み通り、それ以上の圧迫感。猛ったもので中をかき回されるたび、頭のネジが飛びそうになる。

あと少しで抜け落ちるというところで腰が引かれ、また押し入られる。単純な動きにもかかわらず、再び絶頂感がやってくる。口を開いても漏れるのは意味を成さない文字の欠片《かけら》ばかりだ。

「いい？」

問われ、必死でうなずくと、揺さぶりが激しさを増す。ガクガクと頭ごと揺れて、全身の血が逆流したような感覚に襲われる。こらえる間もなく高みがやってきた。

極めている最中、ふいに高良が身体を起こした。膝裏に手を当てられ、大きく足を開かされる。つながった場所を晒《さら》され、恥ずかしさで全身が燃えそうに熱を持つ。

そのままの体勢で奥まで突かれると、背中がのけぞるほど気持ちいい。一突きごとに神経がぷつぷつ切れていく。骨ごととけそうで、泣きたいほど怖くなる。

「あ、あ、ああ……っ」

高い場所に昇ったまま、またドクンと性器が弾けた。

すぐに終わるはずの射精の快楽が長く尾を引いて、それが消えないうちに次の大波に飲み込まれる。吐き出すもののない性器の先端からは、とろとろと涙みたいに薄い液体がこぼれている。

「やばい……、も、ほんとにやばい……」

強く抱きしめられ、身動きできないまま容赦なく奥まで突かれて呼吸ごとひっくり返る。快感にどっぷり沈められた鼓膜に、高良の乱れたささやきだけが聞こえる。

——ずっと、ずっと、好きだった。

手荒い動きも興奮にうわずった声も、よく見知った高良とは全てが違った。

カーテンの隙間《すきま》から差し込む光で目が覚めた。眩《まぶ》しい。のろのろと手を伸ばしてカーテンを閉める。ベッドサイドの時計は朝の十一時。一瞬焦ったが、今日は祝日だった。高良の医院も休診で、真山の店も平日の店休日と重なっている。

「……何時？」

ぼやけた呟きと重なって、背後の男がもそりと動く。昨夜は途中でベッドに移動し、眠ったのは明け方近くだった。高良はぴったりと自分を抱えるように眠っている。

「十一時。帰らなくて大丈夫か」

「ん……」

むずがるように肩口に頭をこすりつけてくる。

「そんなすぐ追いださないで」

「そんなんじゃねえけど」

「けど？」

「大丈夫かな、と」

「なにが」

わからない。ただなんとなく、自分のベッドに高良が裸で寝ているという状況に落ち着かない。

クロゼットに片づけるのが面倒で、適当にカーテンレールに引っかけられたシャツやジャケット。ベッド下の床には、読みかけの雑誌が散らばっている。

高校生のころ何度も訪れた高良の家がよみがえる。箱入りの文学全集や、小説があふれそうに詰まっていた本棚。祖父から譲り受けたという重厚な机。隅まで磨かれた廊下や、手入れの行き届いた広い庭。乱雑な自分の家とは全然違っていた。

——ああいうとこで育った男だしなあ……。

落ち着かなさの正体を探っていると、うなじにキスをされた。不意打ちの甘やかな刺激にきゅっと肩がすぼむ。耳から続くうなじも弱い。くすぐったくて肩をひねると、高良が覆いかぶさってくる。心地いい重みを伴ったくちづけを受け止めた。

「初めて見た」

高良が言う。

「なにを？」

「寝起きの顔」

至近距離で高良が笑う。寝乱れた髪がいつもより男っぽく見える。

「三十過ぎた男の寝起きなんて、なんもおもしろくねえだろう」

「うん、おもしろくはない」

「なら見るな」

「おもしろくはないけど、気が遠くなるほどかわいい」

瞬時に顔が熱くなった。

「ばーか」

「照れるとばーかって言うの、昔と変わってないね」

前髪を優しく払われ、現れた額にキスをされる。耳、首筋、鎖骨の窪《くぼ》み。肋骨《ろっこつ》の下。くちづけはどんどん下降して、へその横にくちづけられた。

「……おい」

「キスだけ。これ以上はしない」

ホッとした。昨夜の行為は予想を超えて激しく、受け入れた場所は今も熱を持って違和感を訴えている。安堵して身を任せていると、ふいに内腿を持ち上げられた。

「……っ」

抵抗する間もなく、足のつけ根の内側にくちづけられた。肌を強く吸われる感覚に腰が揺らぐ。しばらくして唇が離れても、そこはやんわりと痺れたままだった。

「なにすんだ、いきなり」

「こういうのは嫌い?」

最初の場所から少し離れた場所にくちづけながら、高良が聞いてくる。

「嫌じゃ……っ」

また吸われた。きつい感触は、鬱血《うっけつ》して赤い痕を残すだろう。自分では絶対届かない、持ち上げて開かないといけない場所にいくつもつけられる赤い印。俺のものだと言われているようで、全身が熱くなり、触れられてもいない性器が反応するのがわかった。

「……どうしよう」

くちづけながら高良が呟く。

「昔から、ずっと好きだった。嬉しすぎて、どうしていいかわからない」

とろけたアイスクリームのように甘ったるい告白。

照れくささと同時に、どうしようもない喜びが湧き上がる。なのに、それを堰《せ》き止めるブレーキがかかる。嬉しいのに、完全には浸れない。複雑なマーブル模様が、胸の中で渦を巻く。

真山にとって、恋愛ができそこないのプラモデルみたいなものになったのはいつからだろう。ほしくてほしくて、やっと手に入れて、ワクワクして組み立てたのに、部品はうまく嚙み合わず、微妙にみっともない仕上がりに、こんなはずじゃなかったのにと首をひねる。

それなりにきちんと働いていた男が、気づくとヒモのようになっている。

向こうから惚れてきたはずなのに、なぜか途中から浮気をされまくる。

休日に外に誘われ、喜んでついていったらパチンコ屋だったこともある。その上、金貸してと手を出されたときは、さすがの真山もブチ切れた。ふざけんなと蹴りを入れてその場を立ち去り、そこで別れていたらまだ救いがあった。けれど尻尾をだらりと下げ、犬のようにあとをついてきた男をまた部屋に入れてしまった。こうなると、もう相手だけの責任じゃない。

甘やかしすぎなんだよと、友人に言われたことがある。その通りだ。母親に似て男にのめり込むタチで、情に流される性格で、必要以上に相手を甘やかす。揉めたくないから言うべきことを言わない。それで辛抱しきれたら偉いものだが、やっぱり不満はたまり、自業自得であるにもかかわらず、相手に八つ当たりする羽目になる。改善したいと思うものの、三十越した人間の性根などそうそう変わらない。

高良とは、そんなできそこないのプラモデルみたいな恋はしたくない。

そして、絶対そうはならないだろうという確信がある。

高良は、今まで真山がつきあった男たちとはなにもかもが違う。生まれたときから筋金入りのボンボンで、今は医者なんて聞こえのいい職に就き、先生と呼ばれてる。そういう人種にありがちな傲慢《ごうまん》さもなく、毎日羽織る白衣そのままの潔白なイメージ。

いい男だと思う。なのに十代のころのように、好きだからずっと一緒にいたいなんて素直な夢は見られない。お互いのレベルとか、ランクとか、釣り合いとか、わかりやすい理由もひっくるめて世界が違う。

自分だって今までそれなりに生きてきて、大層な自負はないが、必要以上の卑下もしていない。高良のことは好きだから続けばいいと思う。反面、現実も知っているので続かないだろうと思う。今までの男たちとは違う意味で、高良とも最初から終わりが透けている。——だから、のめりこみたくない。

「……っん」

性器をやんわりとにぎりこまれて我に返った。

「なに考えてた?」

「なんで」

「なんとなく、悲しそうな顔してた」

どきりとした。

「そんなこと——」

ないと言う前に内腿をなでられ、さざ波みたいな刺激が肌を走った。

くちづけだけで育った中心に、高良が顔を伏せる。先端に滲《にじ》んだ雫《しずく》を舌ですくわれ、直接的な快感に小さく震えた。そのままゆっくり飲み込まれ、こらえきれずに声がもれた。

真昼の明るい部屋でかわされる行為。真山は腕を交差させて顔を隠した。それでもときおり立つ卑猥《ひわい》な水音までは防げない。口淫の快感にとろかされ、たまらず腰をゆらしていると、大きな手が脇腹を上へ上へ辿《たど》っていく。

「……っん」

胸の先に触れられ、息が弾んだ。指先で円を描くようにして掘り起こされ、硬くなった粒を指の腹でこねられる。性器への刺激と併せて、じっとしていられない。

「マヤちゃん先輩の身体は、どこもかしこも敏感だ」

「うるせー……、っ」

鈴口を舌先でくじられ、痺れるような感覚が爪先まで走った。身体の奥まで甘い疼きが広がり、真山はたまらず高良の頭をつかむように髪に手を差し込んだ。

「……な、しよう」

「駄目だよ、昨日加減できなかったから」

「いいから」

指にからめるようにして髪を引っぱると、口淫は止み、高良が覆いかぶさってくる。

キスをしようとして、口淫の後だということに気づいたのか途中でコースを変えた。子供にするように頬にくちづけられ、もどかしさに拍車がかかった。重なった足の間で、高良の性器も存在を主張している。腰をよじると互いのものがこすり合って欲求をかき立てる。

「もういいから、早くこい……っ」

足を絡ませて腰を押しつけると、くそっと舌打ちが聞こえて真山は耳を疑った。

「我慢してたのに、知らないよ」

低い声でささやかれ、指が後ろに触れてくる。瞬間ぴりっと痛みが走る。それ以上に期待が高まる。早く早くと全身で急かしている自分が信じられなかった。

——はまるなよ、どうせ長続きしねえんだから。

理性はそう警告しているのに、快感と一緒に気持ちまで傾いていく。

真山の危機感も知らず、高良は「好きだ」「夢みたいだ」と蜜でコーティングしたような言葉を繰り返す。それが甘ければ甘いほど、真山は搦め捕られまいともがく。

愛のささやきは心地よく耳に沁みる。

けれど高良は、高校時代の叶わなかった恋の感傷に引きずられているだけのような気もする。だったら、盛り上がっている分醒《さ》めるのも早いだろう。

抱き合いながら、そんなことを考える自分を少し情けなく思った。


入口のドアが開く音がして、いらっしゃいませと振り返ると高良だった。目線だけで合図を送り合い、高良はカウンターの端に座った。最近ではそこはもう高良専用になっていて、遅めにきた客がそこに座ろうとしても、真山はさりげなく別の席へ誘導した。

白ワインとつまみを出し、その間にサラダや軽い卵料理を作る。仕事の都合で夕飯が遅くなる高良は、健康を気遣ってあまり量を食べない。味もあっさり派なので、見た目は店のメニューと同じで、味だけを和風にしたりと真山は工夫するようになった。

以前、気をきかして味噌汁と飯の定食的なものを店で出してやったら、気分を悪くするお客さんがいるかもしれないから特別扱いはしないでほしいとやんわり断られた。

常連になると馴れ合ってくる客が多い中で、身体を重ねるようになっても高良は行儀がよく、ケジメのきちんとついた態度に、真山は自分を省みた。

恋愛も含め、人間関係の変化はそういうささいな部分から崩れはじめる。わかっているつもりが、ついつい距離を詰めすぎて失敗する自分を、高良がうまく救ってくれている。

高良はたいがい閉店まで店にいて、一緒に真山のマンションに帰る。医者と飲食店店長。休日も仕事の時間帯も見事なほど合わないが、今のところ高良の方が睡眠を削って真山に合わせてくれている。夜中なのでせいぜい部屋でCDを聴いたりDVDを観たりするくらいで、悪いなと謝るたび、一緒にいるだけで楽しいと高良は言ってくれる。

「俺は最近の音楽とか全然知らないし、映画もほとんど観てない。どっちのデータも学生時代で更新止まってるんだよね。そういうのよくないと思ってたから楽しいよ」

「社会人は忙しいからな。流行《はや》りに疎くなるのはしかたねえよ」

「でもマヤちゃん先輩は趣味も楽しんでるじゃないか。こういう情報も早いし」

高良は棚からCDを一枚抜き取った。デビューしたての新人アーティストだ。

「俺は……、別に会社勤めしてるわけじゃねえし」

仕事はそれなりに真面目にやってきたが、昼間にネクタイをしめる類《たぐい》の仕事に就いたことはない。

ささやかなコンプレックスに、真山の声は小さくなった。

「会社勤めも大変だけど、飲食店の経営も大変だよ。特に店長なんて自分の裁量次第で売り上げも変わるだろう。マヤちゃん先輩の店はいつ行っても流行ってるしすごいじゃないか」

ＣＤをオーディオにセットしながら、普通の口調で話す。変にお世辞めいていないので本心なのだとわかる。じわじわと耳が熱くなっていくのを感じた。

「あ、これ好き。ちょっとジャズテイスト」

流れてきた音楽に高良は目を閉じた。メロディーに合わせて、やじろべえみたいに身体を揺らす。本人は楽しそうだが、微妙にリズムと合っていなくて笑った。

「マヤちゃん先輩の部屋、好きだなあ」

目を閉じ、ゆらゆら揺れながら高良が呟く。

「高校生のころに戻ったような気になる。すごく懐かしい」

真山は複雑な思いに囚われた。高良が自分との時間を居心地よく感じてくれるのは嬉しい。けれどそれが、単にノスタルジアに浸れるからというだけなら切ない。

「エアコンの効きが悪いのもいい感じ、ペンションのバイト思いだす」

「おお、ＧＴＯのタコ部屋か。ありゃあすごかったな、収容所と紙一重だった」

そう言うと、高良は目をぱちっと開けた。

「けなしたんじゃないよ？」

生真面目に訂正され、真山はふきだした。他愛ないことを話しながらまったりする中、「あ、そうだ」と高良が鞄に手を伸ばした。中からしゃれたロゴの袋を取り出す。

「気に入ってくれるといいんだけど」

渡された袋の中を見ると、以前から真山がほしかったシャツが入っていた。

「え、くれんの？　なんで俺がこれほしかったの知ってんだ？」

「前にコンビニで雑誌見ながら、これいいなあって呟いてたから」

キャバクラの女みたいな手口に顔が熱くなった。

「いつも色々してもらってばっかりだし、なにかお礼したくて」

「俺、なにかしたか？」

真山は首をかしげた。特に覚えがない。

「いつも店に行ったら、俺のためにこっそり味付け変えてくれるだろう？」

「そんなこと？」

「会うのもマヤちゃん先輩の部屋ばっかりだし、朝飯も作ってくれるし、俺が使ったタオルとか洗濯してくれるし、散らかした部屋の掃除をしてくれるし」

真山はまばたきをした。ピンとこない。

「お前、そんなちっせえこといちいち気にしなくていいぞ。朝飯なんてたいして手間かかってねえし、ここは俺の部屋だから俺が片づけんのは当然っちゃ当然だ」

「小さいことでも重なると大きいよ。俺、ＧＴＯのとこで初めて掃除や洗濯したときのこと、今でも覚えてる。特に風呂掃除。あのぬるっとした排水口の感触、思い出すたびゾッとするから、俺にとってはもうトラウマと言っていいかもしれない」

高良の母親は家事は全て自分が受け持ち、父親や息子にはなにもさせない人だった。あのバイトで、高良は自分のできなさ加減を知ってショックを受けたのだと言う。

「排水口掃除で泣きそうになってる俺に比べて、マヤちゃん先輩はすいすい仕事片づけていくし、諏訪ですら要領よくやってるし、俺だけすごい自己嫌悪だったよ」

人生初の挫折《ざせつ》だったと真面目な顔で言われ、思わず笑ってしまった。

「なんで笑うの？」

「いや、清々しいほどのボンボンエピソードだなと」

からかうように笑うと、高良は「どうせ」と拗ねるフリをした。

「それより、シャツ気に入ってくれた？」

「ああ、前からほしかったし、すげえ嬉しい」

真山は袋からシャツを出し、広げて胸に当ててみた。

「あ、似合う。マヤちゃん先輩は昔からなに着ても似合うな」

「ばーか、なに言ってんだ」

照れくささの裏返し、真山は唇をとがらせた。

「けどもらいっぱなしじゃ悪いな。お前はなんかほしいもんねえのか？」

食事も家事も、感謝されたくてやっていたわけじゃない。けれど、ありがとうと言われると嬉しいのが人情だ。もっと色々してやりたくなる。しかし高良は困った顔をした。

「世話になってるお礼をしたのに、お返しされたらお礼にならないんだけど」

なるほど。そのとおりだ。ふたりで笑い合っていると、背中から抱きしめられた。すっぽりと包まれる体勢で、真山は高良の胸に体重をあずけた。

「マヤちゃん先輩、今度どこか行こうか」

耳近くの髪にくちづけられ、くすぐったさに笑いながら身をよじった。

「どっかって？」

「旅行。海とか山とか。連休取るのは無理？」

「大丈夫だろ。よく考えたらまだ盆休みもらってねえし。あ、けど」

「なに」

「休みもらう前に、仕事の返事しねえと」

「なにかあるの？」

「近いうちに新店出すらしくて、その気があるならまとめて俺に任せたいって」

先日久しぶりに顔を見せた実家で、オーナー兼義理の父から聞いた。真山が店長になってから売り上げが好調なので、同じコンセプトでもう二店舗出す計画があるらしい。

「すごい、完全にマヤちゃん先輩の手柄じゃないか」

「……そんなこともねえけど」

「そんなことあるよ。マヤちゃん先輩すごい、よかったね」

大袈裟なほど喜ばれ、じわりと気持ちの水位が持ち上がった。照れ隠しでつい斜に構えてしまう自分と違い、素直な高良といると気持ちが自然と前を向く。

「あ、でも、ってことは今よりもっと忙しくなるんだよね」

「多分な。あちこちの現場行ったり来たりになる」

「今よりもっとすれ違いになるかな」

「さびしいのか？」

「マヤちゃん先輩はさびしくないの？」

「まあ俺は適当に――」

うそぶくと、スリーパーホールドをかけられた、苦しい苦しいともがくうち、なぜか笑いが込み上げてきた。意味なくふたりで笑い合う。最近、気づくと笑っていることが多い。先日久しぶりに顔を見せた実家でも、一目見るなり母親から言われた。

――顔が優しくなったんじゃない？

自分では特に意識していなかった。鏡を見ても、そう変わったとは思えない。でも先日バイトにまで「最近客当たりいいすね」と言われたので、やはり以前とは違うのかもしれない。

「俺もがんばらないとなあ」

真山を後ろから抱いたまま、高良が独り言のように呟く。

「お前はもう充分だろう」

そう言うと、「だといいけど……」と肩に頭をのせてくる。

「急ごしらえの院長代理で、俺なんて全然ハリボテだよ。こないだも薬変えましょうかって言ったら『大先生に電話してください』って患者に言われたし」

「しかたねえよ。キャリアや信用は追いつけない」

「けど、こんなんじゃ父さんを安心させてやれない」

高良は珍しく溜息をつき、真山の胸に不安がよぎった。

「親父さん、具合よくねえのか？」

「……ん、ちょっとね。だからリハビリもできなくて」

話しながら真山の肩に顔を伏せてくる。

「弱音吐く人じゃないから、俺たちには元気そうにしてるけど」

「うん」

「こういうときって、家族より周りがやいやい言ってくるんだね。初めて知ったよ。お前がしっかりしないといけないとか、いつまでもフラフラしてないでとか」

苛ついた口調に、真山はなにも答えてやれなかった。フラフラしてないで——という言葉から、結婚をせつかれていることが透けて見える。ハッキリ言わないのは高良の気遣いだ。だから真山も気づかないフリをする。沈黙が落ち、高良が顔を上げた。

「ごめん、愚痴った」

「いいよ、お前はそういうの言わなさすぎる」

真山は高良の頭を乱暴にかき回した。

「旅行、近いうちに行こうな。休みとるから」

「無理してない？」

「してねえよ」

もっとぐしゃぐしゃに髪はかき回すと、高良は嬉しそうに笑った。

「じゃあ、どこ行く？」

問いかけてくる声はもう明るい。

「それほど遠出しなくて、景色が綺麗で温泉があって飯のうまいとこ」

「色々あるよ。海か山かでも違ってくるし」

高良は後ろから真山を抱いたまま、テーブルのタブレットを取った。子供に絵本を読むように真山の前で持ち、『旅行』『景色』『夕飯』と検索をかけていく。

「ここは?」

「さっきのほうがよくないか?」

相談しているうちにどんどん夜が更けていく。

高良といるとささいなことが楽しく感じられる。

その裏で、不安が塵《ちり》みたいに積もっていく。

いつまで一緒にいられるかわからないけれど、できるだけ長く続けばいい。


「あ、向こうに海見えなかった?」

ハンドルを握りながら、高良《たから》がちらりと左を見た。車の窓を開けるとぶわりと潮の香りが吹きこんできた。高速道路の防音壁の隙間《すきま》から、遠くにちらちらと光る波間が見える。湿った感じのする風に髪をなびかせ、ふたりで海だ海だとはしゃいだ。

九月の末、真山は遅い盆休みを取って高良と旅行にきた。一泊二日なので、移動に時間を取らないよう近場で魚のうまい伊豆《いず》に決めた。冗談でGTOのペンションはどうかという案も出たが、ただの冗談で終わった。あそこは色々な意味で濃すぎる。

旅館についたときは昼を少し回っていた。客室全てが独立したヴィラで、部屋ごとに露天風呂がついている。芸能人もお忍びでくるという旅館は一泊でもびびるほどの値段だ。旅行費用は高良が持つと言ってくれたが、そういうのは嫌なので折半にした。

部屋の説明を仲居がしている間、真山は落ち着かなかった。こんな隠れ家っぽい雰囲気の旅館に男ふたりでくるなんて、絶対に『そう』だと思われているだろう。

「いいじゃないか。実際そうなんだし」

ふたりきりになってから、高良はあっさりと言い切った。

「そんなこと気にしてたら、俺たちみたいなのは旅行できないよ」

「そりゃそうだけど」

もごもご呟《つぶや》いていると、かわいいと抱きしめられた。

「マヤちゃん先輩、見た目怖そうなのに実は繊細なんだよね」

「悪かったな。繊細で」

高良は逆に、見た目の印象よりも大らかだ。

「褒めたんだけど？」

「今の時代、繊細は褒め言葉じゃねえよ。すぐ傷つく扱いづらいやつみたいで」

「うーん、世相が暗い分、余計に『明るさ』とか『前向きさ』がクローズアップされる時代ではあるよね。だから繊細って言葉が否定的に聞こえるのかも」

「だろ」

「でも俺は繊細な人が好きだよ。自分ではサバサバしてるって思ってるけど、周りから見たら単に無神経な人ってのもいるし。マヤちゃん先輩みたいに、言いたいことこらえて損するタイプは歯がゆくもあるけど、それも含めて魅力だし、大事にしたい」

じわじわと首筋が熱くなっていく。真昼の部屋でのセックスより、真っ直ぐな愛の言葉の方が恥ずかしい。なのに心の中では嬉《うれ》しがっている。そんな自分はもっと恥ずかしい。

「ここ、ほんと景色いいな」

わざとらしく呟き、真山は高良の腕から抜けだした。観音扉になっている大きな窓を開けると、陶器の露天風呂が据え置かれた広いテラスに出る。開放感溢《あふ》れる視界には緑が鮮やかな山並みと、遠くには午後の光をはね返す海が見える。

「本当に贅沢《ぜいたく》な景色だね。旅館自体が山の中腹にあるから海も山もどっちも見える」

ふたり並んで景色を眺めた。

「ＧＴＯのタコ部屋から考えると、俺らも大人になったなあ」

「あそこはあそこで楽しかったけど」

「まあな」

思い出して小さく笑った。

「あのころは、三十なんて大人通りこしてオジサンだと思ってた」

「実際はあんま変わった気しねえな」

「と思ってるのは本人だけで、着実に老けてるんだろうけど」

「血も涙もねえ話だ」

手すりに肘《ひじ》を置き、真山は景色に向かってぼやいた。

「四十くらいにはなんとかサマになってるかな？」

「どうだろうな」

答えながら、四十なんて完全なるオッサンだと思った。戦国時代ならそろそろ死ぬころだ。あと十年足らずで自分がそうなるなんて思えない。なにかを成せるとも思えない。

「四十のマヤちゃん先輩、どんなかな」

「ただのオッサンだろ」

「綺麗《きれい》なおじさんだと思うけど」

「……」

真山は答えなかった。そのころには、もう自分たちは一緒にいないだろう。

「俺、腹とか出ないように気をつけよう」

「なんだよ、急に」

「マヤちゃん先輩に嫌われたくないし」

「腹くらいで嫌いになるかよ」

呆れつつ、四十になっても自分たちがつきあってる前提で話をする高良に戸惑った。先の話をされればされるほど、逆の予感が生まれてしまう。高良も自分の立場はわかっているだろうに――。といっても、せっかく旅行にきて別れる前提で会話をすることもない。

「腹はともかく、ハゲは嫌だな」

ノリだと割り切って、軽い調子でそう言った。

「それは大丈夫。うちは祖父も父もフサフサだから」

「なら許す」

偉そうに言うと、ふいに抱きよせられた。

「がんばるよ。マヤちゃん先輩とずっと一緒にいたいから」

甘い言葉と一緒に、気持ちまで高良にかたむいていく。嬉しいのに、息苦しさが喉元《のどもと》までせり上がってくる。このままだと「俺も」なんて馬鹿なことを口にしてしまいそうだった。

「……散歩」

「ん？」

「飯まで時間あるし、庭でも見にいこう」

高良の腕をほどいて部屋に戻った。ノリで「俺も」と返すことは簡単だったが、どうしてもできなかった。口にすることで、無意識に期待してしまうことが嫌だったのかもしれない。

「なにか怒った？」

後ろから声をかけられる。

「いや、なんも」

高良はなにか言いたそうな顔をしている。

なんとなく空気がわだかまって、やっちまったかなあと後悔しながら庭へ出た。

広い庭園では人とすれ違うこともなく、かすかな葉ずれの音や鳥の声を聞きながら歩いていると深い森の中にいるようだった。足元で鮮やかに艶《つや》めく緑の苔《こけ》。細いさえずりが響いて顔を上げると、枝に見たことのない綺麗な鳥がとまっていた。

「なんだろう、あれ。しゅっとしてて、初めて見る鳥だ」

「ハクセキレイだよ。水辺の鳥なんだけど……、ああ、あっちに池があるのか」

「詳しいな」

「父さんがバードウォッチングが趣味で、子供のころよく一緒に山に行ったから」

いい趣味だなと受け流し、真山は熱心に鳥を見るフリをした。父親の具合がよくないと聞いてから、家族のことには極力触れないようにしている。親戚から結婚をせつかれているなど余計な情報を仕入れるのも嫌だし、その問題から自分は一番遠い場所にいる。

頭上でチュルルと独特の鳴き声が響いた。

「高良、あれは？」

見上げた枝には、ぷくりと身体のふくれた青い鳥がとまっていた。

「エナガだ。あれがいるなら近くにメジロもいるな」

「なんで？」

「仲良しなんだよ」

「なんだよ、その幼稚園児相手みたいな手抜きな説明は」

「ちゃんと説明していいの？」

教師と医者に説明を求めるとたいがい長くなる。「いい」と断ると、高良はおかしそうに笑った。それから鳥を見つけるたび、「あれはなんだ」と真山は聞き、高良はその都度説明をしてくれた。高良は木や花の名前もよく知っていた。さすが医者は物知りだと感心すると、医者は関係ないよと言われた。鳥は父親、植物に詳しいのは母親の影響らしい。

「高良、あれは？」

暮れかけてきた庭園に、白く浮かびあがる花を指さした。隣を見上げると、ふいにキスをされて驚いた。いくら人気《ひとけ》がないとはいえ大胆な行為に焦る。

「馬鹿、見られたら――」

辺りを見回すと、高良はすぐに身体を離した。

「ごめん、さっきからあれは？　あれは？　って、なんか小さい子みたいで」

ぱっと頬《ほお》が熱くなった。うつむいて態度に困っていると、「ごめんね」と言われた。

「なにが？」

顔を上げると高良と目が合った。長めの前髪をそっとかきわけられる。

「旅行きて、ちょっと浮かれてるみたい。もう困らせないから」

「いや、困るっていうか……」

そこまで真面目に謝ってもらうことじゃない。

「俺が好きなほど、マヤちゃん先輩は俺を好きじゃないよね」

「え？」

予想外のことを言われ、真山は目を見開いた。

「責めてないよ。俺はこうしてマヤちゃん先輩といられるだけで嬉しい。同じくらい好きになってほしいけど、ちゃんと待つことだってできる」

高良の目も声も穏やかで、本心からそう思っているようだった。だから余計に焦った。それは誤解だ。自分も好きだ。ちゃんと好きだ。

「俺は……」

けれどそれ以上が言えない。

口にすることで抑えている気持ちが一気にかたむきそうで怖い。

真山はあたりを見回し、誰もいないことを確認してから恐る恐る高良の手を取った。

「どうしたの？」

高良が驚いた顔をした。

「誰もいないし、手くらいなら」

足元を見ながら、ぼそぼそ呟いた。

「気を遣ってるならいいよ。無理しないで」

「そんなんじゃねえよ」

一緒の時間を過ごすほど、高良が誠実な男だということがわかってくる。自分が思うよりもずっと、ちゃんと自分たちの関係を考えてくれているんじゃないか、そんな気にすらなってくる。けれど、現実として高良には守るべきものが多すぎるのだ。

「マヤちゃん先輩？」

長く黙っているので、高良が心配そうにのぞきこんでくる。

真山は顔を上げ、自分から高良にキスをした。一緒にいたい。でもいられないと思う。そのたび生まれる不安を口にすることは嫌で、だからキスに逃げた。すぐに抱きしめ返されて、きつく唇を重ねられた。触れて、すぐ離れて、また触れる。

「……マヤちゃん先輩、大好きだよ」

高校生みたいな、拙《つたな》い告白だった。

それが余計に胸にきて、つないだ手を強くにぎりしめた。

肝心のことを伝えないまま、胸の中にある無責任に甘い気持ちを扱いかねる。昔からいつもこうだ。自分は成長していない。子どものままだと、恋をするたび思う。

部屋に戻り、風呂で汗を流してさっぱりしたあと、夕飯を食べた。先付けから水菓子までひとつも飛ばさない海の幸のフルコースで、帰る必要がないという解放感からか、ビールのあとは日本酒に切り替えた。酔いでおぼつかない足取りで部屋に帰ると布団が敷いてあり、甘美な誘惑に抗《あらが》いきれず柔らかな海へダイブした。

「マヤちゃん先輩、露天風呂は？」

高良も隣に寝転んでくる。

「腹いっぱいだ。も少し待て」

「待つけど、寝ちゃいそうで心配だな」

「寝たかったら寝ればいいだろう。明日もあんだから」

「そういうわけにはいかないと思うよ」

高良が覆いかぶさってくる。腹が苦しいと訴えると、ムードないなあと言いつつ身体を浮かせてくれる。日本酒がいい具合に回って頭も身体もふわふわしている。意味なく笑いながら何度もキスをかわす。大きな手がそろりと内腿《うちもも》を這《は》ったとき、携帯が鳴った。

そっけない音は高良の携帯だ。しばらく見つめあい、同じタイミングで吐息した。

「こんなときに誰だ」

ぼやきながら高良が不機嫌そうに携帯を確認し表情を変えた。ちょっとごめんと身体を起こした。慌ただしく通話ボタンを押す。

『もしもし、なにかあった？』

問う声が硬く、真山も身体を起こした。うん、うんとあいづちを打つ強張《こわば》った表情。しばらくして『それだけ？』と問い、ふっと高良の表情がほどけた。

『なんだよ。こんな時間に電話してくるから、父さんになにかあったのかと思った』

その言葉で、ようやく電話の相手が母親だとわかった。

『そのことは俺もわからないよ。ずっと音信不通だし。なにかわかったら連絡するっておばさんに伝えておいて。うん、うん、じゃあね、おやすみ』

通話を切り、高良は携帯を枕元に置いた。

「おばさん、なんだって」

問うと、高良は微妙な顔をした。

「あ、身内のことならいいんだ。立ち入って悪い」

「違う。そうじゃなくて」

高良はうーんと頭をかき回した。らしくない歯切れの悪さだ。

「……諏訪《すわ》のことなんだけど」

予想していなかった名前に胸が揺れた。

「今日、うちの母に諏訪のおばさんから電話がかかってきて、諏訪の行方を知らないかって、俺に聞いてくれって頼まれたらしいんだよ」

「なにかあったのか？」

思わず眉《まゆ》をひそめた。

「俺もよくわからないけど――」

先日、若い男の声で、諏訪の居場所を教えてほしいと諏訪の実家に電話が入った。理由も言わないので気味が悪く、知りませんと切ったのだが、なにかおかしなことに巻き込まれているんじゃないかと電話をしても諏訪は出ない。それまでも頻繁に連絡を取っていたわけではないが、さすがに母親も心配になったらしい。しかし再婚相手の夫に相談するのも気が引け、高良の母親に相談してきたのだという。

「高校のとき俺と諏訪は仲良かったし、俺から連絡取ってくれって頼まれたけど、俺もあいつが引っ越してからすっかり疎遠だったからなあ。一応かけてみるけど」

高良が母親経由で教えられた番号を押していく。目で追った数字の流れは、真山が知っている諏訪の携帯番号ではなかった。

「……やっぱ出ないなあ」

高良は携帯を耳に当てたままぼやき、しばらく粘ってから通話を切った。なんとなく目を合わせる。高良はなにも言わないし、真山もなにも言わない。けれど口にしないことによって浮き上がってくるなにかがある。真山は自分の携帯を取った。

「俺もかけてやるよ。番号教えて」

「知らないの？」

「ああ、別れたあと番号変えたみたいだな」

高良は意外そうな顔をした。態度に出さないようにしているが、ホッとしているのが透けて見える。真山は教えてもらった数字を携帯に打ち込んだ。耳元で呼び出し音が鳴る。出るなよ、出るなよ、さりげない風を装いながら心の中で祈る。

「……ん、やっぱ出ねえな」

幾度かの呼びだし音のあと、真山も携帯を切った。内心で安堵《あんど》していた。高良の電話を無視したあとに自分の電話に出られるのはバツが悪い。そしてこっそり自分のうぬぼれを笑った。別れてから何年経っているんだ。諏訪だってもう自分のことなど忘れている。

「しかたないやつだなあ、三十越して親に心配かけるなんて」

高良が溜息をついた。

「まあな。けどあいつも家のことでは色々あったし」

「うん、俺もあのころは気づいてやれなくて。……大丈夫かな」

「なにが」

「本当になにか事件にでも巻き込まれてたら」

「ねえよ。フラッと出かけて、その間連絡つかないことはよくあった」

「へえ……」

高良が反応に困ったように呟く。もう諏訪の話はやめた方がよさそうだった。

「昔話より、さっきの続きに戻ろうぜ」

高良の頬を両手で挟み、自分から舌を絡めるキスをした。押し倒され、くちづけをかわしながら高良の手が浴衣《ゆかた》の帯にかかる。

「どうした?」

ふと、高良の手が止まった。

「帯といたら、浴衣も脱げるなと思って」

「駄目なのか？」

「半端に絡んでるほうが、いやらしくて好きかも」

真面目そうな顔をしているが、こいつはむっつりだと確信した。手が浴衣の裾《すそ》を割って忍び込んでくる。下着を脱がされ、開かされた足の間に高良が顔を伏せた。

「……っん」

ゆっくりと呑み込まれていく感覚に目をつぶった。

アルコールで重だるい身体に、じんと疼《うず》くような甘さが満ちてくる。言葉通り浴衣は全て脱がされず、行為の間中、ずっと中途半端に真山の身体に絡みついていた。

今まで誰にも拓かれなかった場所まで高良は押し入ってくる。深く穿たれたまま腰を回されると、のけぞるほど気持ちがいい。はだけた胸元からのぞく胸の先を吸われ、唇が離れても小さな器官は熱を持ってじんじんと疼いた。

二度達したあと、ようやく帯をとかれた。一糸まとわぬ身体を抱きあげられ、テラスの露天風呂へと運ばれる。ふたりで入っても余る広さの湯船で、静けさが鼓膜に染みわたる。夜の鳥の低くて丸い泣き声。梢の隙間から削がれた氷みたいな月が見える。

「お風呂で眠ったら駄目だよ」

軽く肩を揺すられ、ちゃぷんと湯の立つ音に目を開けた。いつの間にかうとうとしていたらしい。

顎先《あごさき》が湯に浸かっているが、身体を起こすのが面倒くさい。

「……もう、眠い」

子供みたいな口調になってしまった。

高良がしかたないなという風に笑う。

「いいよ。ちゃんと部屋に運んであげるから」

軽く顎を持ち上げられ、ちゅっと音の立つキスをされた。額、頬、瞼《まぶた》にも。そういえば、高良は唇以外へのキスも多い。それはなんだかとても安心できる。

湯船から上がり、部屋まで連れていかれる。布団に横たえられ、背中がふんわりした心地よさを感じる。

上げられ、デッキチェアに寝そべっていると丁寧に身体を拭《ふ》かれた。そのあとはまた抱き上げられ、部屋まで連れていかれる。布団に横たえられ、背中がふんわりした心地よさを感じる。

うっすらぼやけた視界に、自分を見つめる高良が映った。

「……高良」

「ん？」

「……俺のこと、好きか？」

眠りに霞《かす》んだ意識の中で、普段なら聞けないことを聞いた。

「今さら」

答えと一緒にキスが降ってくる。繰り返し髪を梳《す》かれ、心地よさに目を閉じた。

高良といると、どうしてこんなに安心するんだろうか。

高良となら、今までとは違う恋ができるんだろうか。

——ずっと、俺のそばにいてくれるか？

今なら聞ける気がするのに眠りに意識を浸食されて、曖昧で輪郭のない言葉にしかならない。ぼんやり霞む視界の向こうで、高良が小さく笑った。おやすみと額にキスが落ちてきて、すうっと海の底に引き込まれるように眠りに落ちた。

真夜中、空気が震える気配で目が覚めた。あかりの落とされた部屋で、枕元の携帯が光を点滅させて着信を知らせている。のろのろと手を伸ばす。相手を確認したが、知らない番号だったので無視することに決めた。目を閉じるが、またかかってきた。

高良を起こさないよう、真山は携帯を手に布団を抜けだした。テラスに出ると、ひんやりとした夜風に肩が震えた。通話ボタンを押し、『もしもし』と答えると、『マヤちゃん?』と問われ、一瞬心臓が跳ねた。

『……諏訪?』

『おー、やっぱマヤちゃんかあ。さっき電話くれただろう。出らんなくてごめん。着歴見てビビった。どしたの急に、すごい久しぶり』

懐かしいにぎやかな声。鼓動が跳ねたのは最初だけで、真山はすぐ平静を取り戻した。

『悪かったな、いきなり電話して』

『マヤちゃんならいつでも歓迎。なに、元サヤの誘い?』

何年も音信不通だった相手に、距離も時間もひょいと飛び越すような身軽さに真山は苦笑した。諏訪は別れた恋人とも普通に友人づきあいを続けるし、冗談のようにやり直そうかと口説く。いいよと言われたらつきあうし、断られたとしても屈託がない。全て相手次第、お互いの関係に自分は一ミリの責任も負わない。昔からちっとも変わらない。

『お前のおばさんから伝言だけどな』

『は？』

『俺に直接じゃなくて、高良のおばさんに電話があって――』

さっき聞いた男の話を伝えると、諏訪は『ああ』と笑った。

『大丈夫、犯罪とかには巻き込まれてないよ。ちょっと食った男がストーカーだったみたいで、あんまりしつこくてうっとうしいから隠れてるだけ』

『ストーカーされるようなこと、なにかしたんじゃないのか？』

『ないない。飲み屋で偶然隣の席になって、お持ち帰りしただけ。何度か会ったけど、なんとなく気持ち悪くてそれきり。よくある話だろ。実家まで追っかけてくるって、携帯でも盗み見されたかな。いいよ、わかった、明日にでも実家に電話入れとく』

わざわざ連絡ありがとねと、諏訪は軽く言った。

『それより高良のおばさんに聞いたってどういうこと。高良とつながってんの？』

『ああ、俺も今地元に帰ってるから』

まじで？　と返ってきた。昔とノリが変わらないことに呆《あき》れながら、母親の再婚や、その相手の店で働いていることなどをつらつら話した。店はどのあたりと聞かれたので、駅名と店名だけ教えてやった。諏訪がいたころにはただの野っ原だった場所だ。

『ふうん、知らない間に開発されてんだな』

諏訪はどうでもよさそうに呟《つぶや》いた。

『高良は医者で、マヤちゃんは飯屋の店長か。みんな、ちゃんとしてんだなあ』

『当たり前だ。いつまでもフラフラしてんのはお前くらいだ』

諏訪は『かもね』と笑い飛ばした。

『ねえマヤちゃん、またなんかあったら遊ぼうよ』

『ああ、なんかあったらな』

苦笑いを浮かべ、じゃあなと電話を切った。東京《とうきょう》から新幹線と在来線で二時間半ほど。会おうと思えばなんてことない距離だが、『なんかあったら』で行き来するには遠すぎる。相変わらずその場限りの男だ。切れてしまった携帯が、少しだけ手に重く感じる。

手すりに肘を置き、真山はぼんやりと景色を眺めた。夜を吸いこんで、そこにあるはずの山並みも漆黒の影にしか見えない。昔からあんな男だった。捉えどころがなく、無責任に誰にでも愛想がよく、そこがかわいく、倍憎らしかった。

「マヤちゃん先輩」

どきっとした。振り向くと、窓を開けて高良が出てきた。

「どうしたの、こんな夜中に。眠れない?」

「いや、ちょっとツレから電話があって」

とっさにごまかした。やましいことはないのだから諏訪だと言ってもよかった。けれどさっき高良も諏訪の携帯にかけたのに、自分の方にリターンコールがかかってきたことが引っかかった。せっかくの旅行中、高良を不愉快にさせるのは嫌だった。

「こんな遅くに、友達なんだって?」

「たいしたことじゃねえよ。暇してかけてきただけだ」

高良は「ふうん」と眠そうに首をかしげた。

「部屋入ろう。このあたりは夜冷えるから」

優しい声音に、真山は安堵してうなずいた。


その日、夜の営業のためにひとりで仕込みをしていると、店のドアが開いた。たまに高良が昼を食べにくるので、てっきりそうだろうと思ったら違った。

「久しぶり、マヤちゃん」

笑顔で手を上げる諏訪の姿に、思わず手にしていたボウルを落としそうになった。

「へえ、おしゃれな店じゃん」

諏訪は店内を眺め、勝手にカウンターに腰かける。

「お前、なんで――」

驚きすぎて続きが出てこない。

「こないだ電話もらってから家に連絡入れたんだよ。そのとき高良の親父が入院してるって聞いて、俺も散々世話になったし、見舞いにでもこようかなって」

「ああ、そういうことか」

納得しかけたが、諏訪はあっさり続けた。

「というのは理由の半分で、あとの半分はマヤちゃんに会いたかったから」

諏訪はカウンターに頬杖でイタズラっぽく笑った。そういう男だとわかっているのに、どきりとさせられたのが癪《しゃく》だった。季節はもう秋めいているのに、カナリヤイエローのシャツを着こなした諏訪は、遅れてきた夏みたいに力強く見える。

「鶏のコンフィだって。結構本格的なメニューだな」

諏訪はメニューを手に取り、「プロになったの？」と聞いてくる。

「学生相手の店だから、見た目がこじゃれてるだけで中身は居酒屋と大差ねえよ」

「はは、ありがちだね」

「お前は？」

「色々。知り合いがやってる店の総合マネしたり」

「総合マネ？」

「ここと似たようなもん。しゃれた内装で馬鹿高い酒出す店。都内で何店舗もやってるオーナーだけど本人は夜遊びで忙しいから、俺が代理でＶＩＰの接待したりすんの」

「ホストみたいなもんか。えらい実のねえ仕事だな」

「実なんて必要ない。仕事は稼げたらそれでいい」

ふざけた物言いに、つきあっていたころのことを思いだした。

諏訪は浮気はひどかったが、仕事はそれなりにした。違法バカラでディーラーの真似事をしたり、クラブでＤＪまがいのことをしたり、人脈だけを頼りに気の向くままフラフラと、たまに出所不明の大金を稼いできて真山を連れだし何十万も一日で使ったこともあった。根が真面目な真山は、楽しいよりも不安だった。昔とほとんど変わっていない諏訪を見ていると、若かったころの自分の姿もよみがえり、うとましいような愛しいような複雑な気分になる。

「お前、先のことちゃんと考えてるのか」

「なに、急に」

カウンターに頬杖をつき、諏訪は目線だけをこちらに向けた。

「もう三十だし、そろそろ腰据えねえとこの先しんどいぞ」

余計なお世話だとわかっていて言った。

「なにジジイみたいなこと言ってんの」

案の定な答えが返ってくる。

「なあマヤちゃん、久しぶりだし茶でも飲みに行こうよ」

「仕事中だ。見りゃわかんだろ」

「準備中だろ。少しくらいいいじゃん。なあ、開店準備くらいできるだろ？」

諏訪は掃除中のバイトを振り返った。いきなり声をかけられたバイトは驚きながらも「はい」とうなずき、諏訪は「ほらな」と真山に笑いかけた。

「お前なあ……」

昔の男と茶を飲んで一体なにを話すのか。けれどあまり頑なに拒んでもこだわっているように思われるのも嫌だ。真山はしかたないなとエプロンを外した。

近所のカフェでいいと思っていたのに、店を出るとすぐに諏訪はタクシーを拾った。

「おい、茶だけでどこまで行くつもりだ」

戸惑う真山を強引にタクシーに乗せ、諏訪は聞き慣れない病院の名を運転手に告げた。嫌な予感がする。

「その病院――」

「ああ、高良のおじさんが入院してるとこ」

真山は運転手に停めてくれと言った。それを諏訪が止める。

「まあまあ、ちょっとだけつきあってよ。散々世話になったし挨拶《あいさつ》行きたいけど、俺はこんなんだし、親世代の身内はやっぱちょっと苦手なんだよ」

「そんなこと言われても、こっちにも都合があるんだよ」

「大丈夫、開店まで二時間くらいだろ？　病室だし長居するつもりもないから、さっと行って帰ってきたら間に合うよ」

そういう問題じゃない。いくらなんでも諏訪と一緒に高良の親の見舞いなんて――。

「なあ頼むよ、マヤちゃん、俺を助けると思って」

甘えるように頭をもたせかけられ、止《や》めろと押しのけた。冷たいなあと諏訪がぼやく間もタクシーは走る。真山は小さく舌打ちした。こうなったらしかたない。自分はロビーで待つことにして、病室へは諏訪だけ行かせればいい。そこだけは譲れない。


病院には三十分ほどで着き、諏訪が受付で病室を聞いてきた。

「五階だって。向こうのエレベーター使おう」

「俺はここで待ってるから、お前だけ行ってこい」

「は？　それじゃあついてきてもらった意味ないし」

「お前が勝手につれてきたんだろう。俺は絶対行かない」

「ここまできて、それはないよ」

ロビーの隅で揉《も》めていたときだ。

「直己《なおみ》くん？」

声をかけられ、諏訪がそちらを見た。初老の上品な女性が立っている。どこかで見たことがあると目をこらし、思い出した。昔一度だけ会ったことがある。高良の母親だ。

「おばさん？　うわ、久しぶり」

「やっぱり直己くん。どうしてここに？　懐かしいわ」

真山はふたりから距離を取り、さりげなく背中を向けた。別になにも悪いことはしていないが、ここに自分がいるのは場違いすぎる。

「今日は友達と一緒におじさんの見舞いにきたんだ」

他人のフリをしていたのに、諏訪がこちらを振り返った。

「高良とも友達だから、おばさんも知ってると思うよ。覚えてないかなあ。真山さん。高校のころ、よく三人で高良の離れで遊んでたんだけど」

高良の母親はわずかに考えるような顔をしてから、ぱっと笑顔になった。

「覚えてるわ。『マヤちゃん先輩』ね。確か年の離れた弟さんと妹さんがいらして」

真山はしかたなく高良の母親と向き合った。

「ご無沙汰《ぶさた》してます。そのせつはお世話になりました」

真山が頭を下げると、母親は懐かしいわとほほえんだ。

「わざわざお見舞いありがとうございます。病室は五階の奥なのよ」

こうなってはロビーで待つとも言い張れない。とりあえず挨拶だけしてすぐ帰ろう。でももし高良がきていたらどうしよう。こんな形でかち合うなんて最悪だ。売店で買い物があるから先に行っててという母親と別れ、真山と諏訪はエレベーターに乗った。

「高良、美人と飯食ってる最中だって」

「え?」

真山は隣を見上げた。

「見合い中らしいよ。どっかの開業医の三女だって」

おかしそうにささやかれとっさに言葉が出てこなかった。

「高良はきてるかって聞いたら、そう言われた」

「……へえ」

やっと興味なさそうな返事をひとつできた。平静な顔の下で、気持ちの水面に落ちた一滴が次々と波紋を広げていく。チンと音がしてエレベーターの扉が開いた。

「まあそうだよなあ。高良も三十だし、実際のとこ開業医には嫁さんが必要だよ。っても条件厳しいけどな。患者は全部地元だし、そっち関係のつきあいを任せられる女じゃないと駄目だろ。医院の経営も心得ててほしいだろうし、そう考えると開業医の三女ってドンピシャな相手だよ。父親見て育ってるから、医者の仕事がどういうもんかわかってるし」

「……ああ、そうだろうな」

上の空で答え、廊下を歩いていく。コンとノックひとつで諏訪が病室のドアを開けた。

「ちーす、おじさん、生きてる?」

ふざけた第一声に、ベッドで本を読んでいた初老の男性がこちらを見た。十年以上前に一度会ったきり、それも大病をした後だったので老けた印象だった。

「おお、直己くんか。おいおい何年ぶりだ、懐かしいな」

「ご無沙汰。おじさん痩《や》せたなあ。なんかちっちゃくなっちゃって」

「退院したらまたすぐ大きくなるさ」

「横にだろ」

にぎやかにふたりは挨拶を交わし、そのあと真山も挨拶をした。

「ああ、覚えてるよ。高校生のとき、晶太郎《しょうたろう》の髪を染めてくれた子だ」

懐かしそうにほほえんでくれる。高良の顔立ちは母親似だが、穏やかに目を細めたときの印象は父親似だった。こちらをリラックスさせてくれる、安定感のある笑顔。

「で、おじさん、具合どうなの? 仕事復帰できそう?」

諏訪がどさりと椅子に座る。

「うーん、仕事は前と同じようには難しいだろうなあ」

「そっか。けど、まあいいじゃん。おじさんとこには頼りになる跡継ぎがいるんだし。医院の方、今は高良がやってんだろう。あいつなら任せといて安心なんじゃないの?」

「そうだな。キャリア不足がちと心配だが、コツコツ真面目に取り組むのがあいつのいいところだ。医者は馬鹿がつくくらい真面目でちょうどいい。俺のリハビリが終わったら、正式に晶太郎を院長に据えようと思ってる。俺は母さんとふたりで楽隠居させてもらうよ」

「だから見合いさせたのか」

なにげない諏訪の言葉に、真山はピクリと肩を震わせた。

「なんだ、ずいぶん早耳だな」

「ロビーでおばさんに会って聞いたんだよ。開業医の三女だって？」

「そんなことまで知ってるのか」

「女の人はなんでもすぐ話したがるんだよ。困るけど、そこがかわいいよね」

「直己くんもいっぱしの口をきくようになったなあ。でも見合いなんて堅苦しいもんじゃないんだぞ。知り合いの娘さんで、いいお嬢さんだからどうだろうと思っただけで」

「けど本音はさっさと嫁さんもらってほしいんじゃないの？」

「それは当然だろう。孫の顔を見るのは親の夢だ」

笑い合うふたりの隣で、胸が嫌な感じにざわめいて息苦しかった。早くここから立ち去りたい。顔には出さずにじりじりしていると、病室のドアが開いて母親が戻ってきた。

「遅くなってごめんなさい。飲み物買ってきたから」

売店の袋を下げている母親に真山は軽く会釈し、そのあと大きく心臓を揺らした。母親の後ろから高良が入ってきたのだ。隣に二十代後半くらいの女性がいる。

「今日は偶然が重なるわね。ロビーで晶太郎と静佳《しずか》さんに会ったのよ」

「諏訪とマヤちゃん先輩がきてるって聞いて、びっくりしたよ」

あらかじめ聞いていたせいだろう、高良の態度に動揺は見られなかった。

「おー、高良、久しぶりだなあ。ちょっと見ない間にオッサンになっちまって」

「同い年のお前に言われたくないよ。急にどうしたんだ」

「こないだマヤちゃんと電話で話してたら懐かしくなってさ」

「電話？」

高良が問い返し、真山の心臓の揺れはひときわ大きくなった。

「一週間くらい前、ふたりで俺の携帯に連絡くれただろう。あんときちょうど仕事中で出られなくて、夜中にマヤちゃんにかけ直したんだよ」

「……へえ」

高良がちらりとこちらを見た気がした。真山はそちらを見る勇気がなくて微妙に視線をずらしている。友人からの電話だとウソをついたのがばれた。しかも諏訪の口からという最低な展開に嫌な汗が背中に浮かぶ。

一方の親世代は、静佳さんと呼ばれた女性と話をしている。聞きたくないと思っても嫌でも耳に入ってくる。女性は早い時間に自分の父親と連れだって見舞いに訪れていたらしく、そのあとで高良とふたりで食事へ行ったことが会話からうかがえた。

「何度もお邪魔してすみません。父から頼まれていた本をお渡しするのを忘れていたんです。晶太郎さんにあずけようかと思ったんですけど、やっぱり自分で渡そうと思って」

「綺麗な娘さんの訪問なら何度でも歓迎ですよ」

高良の父親が冗談めかす。みんながなにかしら話している中で、真山だけがぽつんとひとり寄る辺なく浮かんでいる。この空間はあらゆる意味でつらかった。

「じゃあ、俺はそろそろ失礼します」

立ち上がると、みんながこちらを見た。

「店まで送るよ」

高良が言った。

「ありがとう。けど適当にタクシー拾うから」

「遠慮しないで。俺は静佳さんを送りに戻ってきただけだから」

「晶太郎さん、忙しいのに私のうっかりで手間を増やしてごめんなさい」

女性が申し訳なさそうに言い、高良が慌てて「いや、そういう意味じゃないですよ」と答える。

がちゃつきはじめた空気を、母親が穏やかに治めにかかった。

「晶太郎、今日は土曜で午後診もないでしょう。せっかく直己くんもいるんだから、久しぶりにみんなで夕飯でも食べましょうよ。私もたまには家に帰るわ。静佳さんもよかったらご一緒にどう？私の手料理なんでたいしたものはできないけど」

「わあ、嬉《うれ》しい。じゃあお言葉に甘えて。私もお手伝いさせてください」

「静佳さん、懐石習ってらっしゃるんでしょう。教えてほしいわ」

華やいだ会話の中、母親が「真山さんもぜひ」とこちらを見た。

「いえ、俺はこれから仕事があるので」

「残念だわ。じゃあ今度ぜひいらしてくださいね」

「ありがとうございます」

父親にもお大事にと挨拶すると、高良がこちらにやってきた。

「本当に店まで送るよ」

「いい。せっかくなんだし、お前は家族と過ごせ」

「じゃあ夜、店に行くよ」

さりげなく小声でささやかれた。

「マヤちゃーん、また電話するよ。しばらくこっちにいるから、また店も行くし」

諏訪が屈託のない様子で手を振る。ああと応えて真山は病室を出た。廊下を歩き、途中のトイレに入る。鏡に映った自分の顔をまじまじと見つめた。さっき病室で笑ったように笑ってみる。普通だ。顔色も悪くないし、おかしな汗もかいてない。

――孫の顔を見るのは親の夢だ。

ふっと脳裏をよぎる言葉。親としては当然の気持ちだ。けれど立場が違うだけで、言葉はするすると細く尖《とが》った針になり、意外なほどの深度で真山の胸を突き刺した。

綺麗な女性だった。でも綺麗すぎないところが親しみやすかった。

高良はあの女と結婚するんだろうか。まだわからない。

見合い＝結婚なんて短絡的な決めつけをして勝手に傷つくほど子供でもない。

カミングアウトしていないゲイ、ましてや今の高良の状況なら、周りに勧められたら形だけでも女性の紹介を受けることもあるだろう。

大丈夫。まだなにも起きてない。

まだなにも――。

その夜、閉店間際に高良が店にやってきた。いつもなら嬉しい訪れが、今夜は憂鬱《ゆううつ》を連れてくる。ふたりきりになったら、必ず今日の話になる。見合いのこと。もしくは諏訪との電話を隠したことについて。どちらにせよ楽しい夜にはならない。

いつもなら長っ尻の客は早く帰れと思うのに、今夜はゆっくりしていけと願った。けれどそういう日に限って店は暇だったりする。高良と入れ替わりに最後の客が帰っていき、今からくる客もいないだろうと閉店作業に入った。

「お疲れさまっす。高良さん、ごゆっくり」

真山と高良が友人だと知っているバイトは足取りも軽く帰っていく。余計なことを言うなと恨めしい目で見送り、真山はカウンターに入って缶ビールを取り出した。

「帰らないの？」

高良が問いかけてくる。

「ここの方が話しやすいだろ」

真山はビールのプルトップを開けた。高良の分もカウンターに置く。しかし高良はカウンターには座らず、立ったままじっとこちらを見ている。

「話ってなに？」

不機嫌そうに問い返され、真山は眉をひそめた。別にこちらは喧嘩腰でもなく、穏やかに話の場を作っているのに、その態度はなんだとむっとした。

「昼間会った人、綺麗な人だったな」

しかたなく水を向けると、高良はまばたきをした。

「静佳さん？　うん、感じのいい人だね」

それがなにか？　という顔をされ、イラッときた。

「食事はどうだった？」

「楽しかったよ。母も久しぶりに自分の家の台所で思い切り料理ができて喜んでたし、静佳さんと気が合うみたいで楽しそうにしてた」

そっちじゃない、お前とふたりでの食事だと喉まで出かかる。

「あ、諏訪は途中で酔っ払ってソファに沈没したから、ここにくる途中でホテルの部屋に放り込んできた。マヤちゃん先輩呼んで三人で飲もうってうるさくて参ったよ」

「……へえ」

真山は伏し目がちにビールに口をつけた。口の中いっぱいに苦味が広がる。高良はあの女性のことを説明する気はないようだった。見合いをされたことよりも、これほど強引に白《しら》を切られたことにショックを受けた。

高良の立場は理解しているし、見合いをした、結婚を決めたと言われても、いつかはそうなるだろうと覚悟もしていた。そのときはすっぱり別れようと決めていた。

見合いはしたけど断ったというなら、それはそれで正直に言ってほしかった。隠される方が気分が悪い。それとも脈があるから言えないでいるのか、ハッキリしたことが決まるまで余計な波風を立てまいと気遣ってくれているのか。なんにせよモヤモヤする。

「俺も驚いたよ。まさかいきなり諏訪と見舞いにくるなんて」

そうだったと真山は額を押さえたい気分になった。そうだ、その件もあった。

「高良、あれは――」

「諏訪が帰るまでに、三人で飯でも食おうよ」

話をさえぎられて驚いた。高良は普段こちらの話を切って話し出す男ではない。いつもきちんと相手が話し終わってから口を開くのに――。

「いつにする？　そんなに長居はしないって言ってたから、早い方がいいな。マヤちゃん先輩の休みまであいつがいればいいんだけど、じゃなかったらマヤちゃん先輩の仕事が終わってからか。どうかな。やっぱりそれはしんどい？」

畳みかけるように問われ、口を挟む隙がない。

「……別にいいけど」

諏訪との電話を隠していた件は？　問われる前に自分から謝ろうと思っていたのに、高良はその件にも触れようとしない。携帯を出して予定を確認している。

「明日は医師会があるから明後日はどうかな？　なにか予定ある？」

「ない……けど」

その前に、話さなくちゃいけないことがあるだろう。

「わかった、じゃあ明後日。俺から諏訪に連絡しておくよ」

高良は笑顔で言い、手をつけなかったビールをカウンターの台に戻した。トンとやや大きな音が響く。まるで『この話はこれでおしまい』と言っているようだった。

「じゃあ帰ろうか。俺も今日は疲れたし、早くマヤちゃん先輩んちでゆっくりしたいよ。あ、でも家に母がいるから朝までには戻らないといけないんだけど」

勝手な言い草にむっとした。

「なら、無理してこなくてよかったのに」

「迷惑だった？」

高良がわずかに傷ついた顔をして、真山は理不尽な気になった。

そんな顔をしたいのはこっちだ。なぜ諏訪との電話を友人からだと嘘をついたことを聞いてこないのか。急に諏訪と病室に現れたことを聞いてこないのか。自分も見合いをしたからお互いさまということだろうか。相殺？　おあいこ？　面倒はないけれど、空しく感じる。身勝手にこちらだけ責めてくれた方が、まだ愛情を感じられた。

真山はほとんど残っているビールをシンクに流した。ステンレスの上で、パチパチと炭酸の弾ける音を苛々しながら聞いた。

「どうしたの？」

ビールの流れきったシンクをぼんやり見下ろしていると、声をかけられた。振り向くと高良と目が合った。お互い、困ったように見つめあう。

「やっぱり、きたの迷惑だった？」

高良の表情は、不安を隠そうとして失敗していた。強引に白を切れる男と思ったけれど、どうもそうではないようだった。高良の目や表情は、変わらず自分を好きだと訴えている。だったら、なぜ見合いなんかしたのだと怒りが湧くが。

——まあ、こいつも大変なんだよな……。

結局、最初に戻ってしまった。医院の跡継ぎという立場に加え、病気の親から孫の顔が見たいと言われたら、一人息子として申し訳ない気持ちにもなるだろう。感情とは別に、結婚という選択を考えるだろう。特に高良は女が全く駄目なわけではないのだから。

もちろん、理不尽さは感じる。怒りもある。好きな気持ちは男も女も一緒のはずなのに、なぜ同性愛者というだけで申し訳ない気持ちにならなくてはいけないのか。高良の事情などわかりたくないし、物わかりのいいフリもクソくらえだ。本音はふざけんなと言いたいし、そうしたらなにかが変わるかもしれない。けれど——。

「別に。なんも迷惑じゃねえよ。早く帰ろう。俺も疲れた」

笑いかけると、高良の顔がホッとゆるんだ。カウンターから出て、腹へったなと腕を絡ませる。並んで出口へ向かいながら、内心で溜息《ためいき》をついていた。

自分は正真正銘の馬鹿だ。昔から惚れた相手には弱くて、言うべきことを言わないまま、結果ますますつきあいを駄目にしていった。よくないとわかっているのに、問い詰めて決定的にまずいことが起きるのが怖いのだ。全く成長しない自分にうんざりする。

「あー……、そういやシャンプー切れてたな。コンビニ寄ってもいいか」

「うん、行こう」

店の鍵《かぎ》を閉め、ふたりでコンビニへ歩いた。

「ついでに明日の朝飯の豆腐も買うか」

心はモヤモヤとしているのに、口はそんなことを言っている。

「ああ、でも朝までには帰んのか」

「帰らない。マヤちゃん先輩の朝ご飯が食べたい」

「けど、おばさん帰ってきてんだろ」

「家には朝になったら電話する。今夜は泊まっていく」

きゅっと手をつながれた。昨日までなら嬉しかった言葉が、今は全然嬉しくない。ちゃんと恋愛をしていたはずが、間に女が入った途端、不倫をしているような罪悪感が生まれるのが疎ましい。

うつむきがちに歩いていると、横からジャケットを羽織らせられた。

「シャツ一枚で寒そうだから」

高良がほほえむ。優しさが空回りしてカラコロ音を立てる。しかし礼を言った。

「サンキュ。近所だし、つい薄着で出てきちまうんだよな」

「まだ十月だからいいけど、冬になったら駄目だよ。風邪ひくから」

「ああ、気いつける」

今年の冬、まだふたりでこんな風に夜道を歩いているだろうか。惚れてしまったので別れたくない。でも一緒にいるとしんどくなる。このバランスの悪さ。そのうちしんどい方に傾いて破局するのは見えている。今度こそはと思ったけれど、やっぱり同じだった。

泥沼になったりするんだろうか。今までの男たちとの修羅場がざあっと脳裏をよぎる。怒鳴りあったり、殴られたこともあるし、逆に殴ったこともあった。アパートの階段から転げ落ちて入院したやつもいた。出ていく真山を追いかけて、真っ昼間のバス停で捨てないでと土下座したやつもいた。あのときは恥で死ねると思ったっけ。

——こいつとは、そういう風になりたくねえなあ……。

明るいコンビニの店内、前を歩く高良を見つめた。

閉店後、店に鍵をかけていると背後でタクシーが停まった。高良かと思ったが、今日は医師会の集まりがあると言っていた。降りてきたのは諏訪だった。

「よかった、ギリギリ間に合った」

屈託なく笑う諏訪に、真山は「は?」と顔をしかめた。

「全然間に合ってねえよ。見ろ、電気消えてんだろ」

「大丈夫、大丈夫、マヤちゃんち行くから」

肩にかけられた手を、「お客さま、困ります」とすげなく払った。

「冷たくすんなよお。久しぶりだし一緒に飲もう」

「明日三人で飲むだろ。高良から連絡行ってねえのか?」

「けどふたりでも会いたいじゃん。高良いると話せないこともあるし」

「ねえよ。昔の男と、ふたりきりでしか話せないことなんて」

「じゃあ単純に懐かしいからってことで」

邪険にしても諏訪は応えない。大きな身体を縮めるようにして、両手をジャケットの袖《そで》に突っ込みへへっと笑う。人懐こい笑顔も昔と変わっていない。

「まだ、ひとりの部屋に帰るのが苦手なのか?」

問うと、諏訪は黙って目を細めた。鼻の頭が少し赤い。見てるこっちの胸がすぼむようなさびしい笑い方。本当にさびしい男だからそういう笑い方が身について、いつからか、それを技として使うことを覚えてしまった。複雑な思いが胸をよぎり、真山は肩をすくめた。

「きてもいいけど、なんもしねえからな」

「その言い方、逆に期待しそうだな」

「そっちの話じゃねえよ。飯とかは出さねえって意味だ」

「あれ？　俺も飯の話してるんだけど？」

からかうようにのぞきこまれ、ちっと舌打ちした。すると「かーわいい」と歩きながら肩を抱きよせられた。ふざけんなと振り払うと、人差し指で頬をつつかれた。

「ほっぺた赤いし」

にっと笑われ、耳まで熱くなった。自分の扱いを完璧に心得ている昔の男はやりにくい。悪い男で、からかい上手で、甘やかし上手。諏訪は真山の好みド真ん中だ。

コンビニで酒とツマミを買い足してから部屋に戻った。

「へえ、いい部屋じゃん。寝室とわかれてんのがいいね。家賃いくら？　六万五千？　すげえなあ、東京じゃ考えられない。そういうとこ田舎はいいよなあ」

諏訪は遠慮なしに室内を見回し、座れよという言葉を待たずにリビングのローテーブルの前に腰を下ろした。あぐらで片手を床につき、灰皿の確認もせずに煙草《たばこ》に火をつける。傍若無人《ぼうじゃくぶじん》。けれど高良がそこにいるときよりも、絵面的にしっくり馴染《なじ》んでいるのが不思議だった。真山は空き缶に水を張って持っていった。

「これ、灰皿」

「ああ、そっか、マヤちゃん煙草吸わなかったな」

ごめんごめんと、諏訪はジャケットを脱いで床に適当に投げだした。それを拾いあげ、ハンガーにかけて鴨居《かもい》に吊す。それを見て諏訪が笑った。

「なんだよ」

「相変わらず気が利くなあと思って。このごろは女でもそんなことしてくれないよ? 逆にゴハン作ってよとか言うやつばっか。まあそれもかわいいけどね」

ハハッと諏訪が笑う。真山は吊したジャケットを床に投げ捨ててやりたくなった。身体が勝手に動いていたのだ。昔の男相手に、世話女房みたいなことをした自分が恥ずかしい。

苛々と台所へ行き、缶ビールを取ってきてテーブルに置いた。買ってきたコンビニのつまみを並べる。さっきはああ言っていたが、本当はなにか作ってやろうと思っていた。でも止めた。下手に調子に乗られても困る。しかし――。

「あったかい玉子焼き食べたい」

諏訪が言い、真山は「ああ?」と眉根を寄せた。

「あー、もう絶対食べたい。つうか食う。マヤちゃん作って」

「断る」

「ケチケチしないで、あんなの卵ぱかっと割って、じゅって焼くだけだろ」

「そう思うならお前が作れ」

「自分のじゃ嫌なんだよ。人が作ったの食べたいの」

「今の彼女か彼氏に作ってもらえばいいだろ」

「無理。さっきも言ったろ。ゴハン作ってよって言うタイプなの」

ねえお願いと甘えられ、真山は舌打ちをして台所に戻った。冷蔵庫から卵を出して割っていると、ビール片手に諏訪がやってきた。真山の肩に顎をのせて手元をのぞきこむ。

「いいよね、誰かが自分のために飯作ってくれるって」

諏訪は卵の入ったボウルに目を細め、そのまま『ゴハン作ってよ』と言う女のことを話しはじめた。胸がでかいとか、顔もまあまあかわいいとか、でも若いときしか通用しないかわいさだから今のうちに金持ちの男つかまえりゃあいいのに、俺なんかにひっかかってあいつは頭が悪いとか、ひとりでペラペラ喋《しゃべ》っている。

諏訪は昔からこんな感じだった。時間や空間が空くのが嫌いで、いつも人や物や言葉で空白を埋めようとする。中身のあるなしはどうでもいいみたいだった。

「なあ、マヤちゃん」

ふいに諏訪が声の調子を落とした。

「なんだ」

「俺、馬鹿？」

かなりな。心の中で思ったが、口にはしなかった。自分でも答えがわかっていて、それでも聞いてくるのだ。治したくても治せない、諏訪のさびしがりは病気のようなものだ。

「いいんじゃねえの。みんなそんな賢くねえだろ」

それも本音だった。自分も含めて、世の中馬鹿の方が多い。なんとかしたくて、やり方もわかっているのに、なかなかすっぱり利口には切り替えられない。三十過ぎて自分もそろそろちゃんとしたいと地元に帰ってきたが、結局あまり変わっていないのだ。

「マヤちゃん、相変わらず優しいね」

「違うだろ。同病相憐れむってやつだ」

「なにそれ。将軍様？」

「なんだそりゃ」

「犬殺しちゃ駄目だって言った将軍様いなかった？」

「生類憐《しょうるいあわれ》みの令？」

「あー、それそれ」

「全然似てねえよ」

「そうかなあ。なあなあ、俺ら今なんか賢い話してるね」

低レベルすぎて思わず笑ってしまった。諏訪も笑う。意味もなくふたりで笑っていると、吐き出す息と一緒に身体からなにかが抜けていくようだった。胸や腹のあたりに小さな穴が空いて、エアインチョコレートみたいにあちこちスカスカになっていく。

「どしたの？」

「え？」

目元をぬぐわれて、自分が泣いていることに気づいた。

「俺、なんかした？」

「別に」

顔を背け、手の甲で濡《ぬ》れた目元をこすった。真夜中に玉子焼きを焼きながら、昔の男と馬鹿話をして泣いている。自分はなにをしているんだろう。なにがしたいんだろう。どうして泣いているんだろう。わからなさすぎて、ふっと高良を恨めしく思った。

――がんばるよ。マヤちゃん先輩とずっと一緒にいたいから。

こんな風になるなら、なんであんなことを言ったんだ。こっちはそれなりに現実を見ていたのだし、それを覆すような、あんな誠実そうなことは言わないでほしかった。

高良と過ごす時間は穏やかで、安心できて、もしかしたら、こいつとなら今までとは違う生き方ができるかもなんて馬鹿なことを考えてしまった。結果、今、騙《だま》されたような気になっている。ぬぐうそばから涙が流れる。諏訪がじっとこっちを見ている。

「マヤちゃん」

甘やかすみたいな声で名前を呼ばれた。

「俺ら、やりなおそっか?」

「……は?」

思わず眉間に皺《しわ》が寄った。馬鹿、勘違いするな。お前のせいで泣いてるわけじゃない。そう言いたかったけれど、とりあえず泣き顔を隠したくて顔を背けた。すると後ろから抱きしめられた。強い力で締めつけられて、一瞬だけ内側の隙間が埋まる。

「俺さ、やっぱマヤちゃんが一番好きだわ」

甘やかすような、逆に甘えるような、別れ話がこじれるたび何度も聞いた声音。毒入りのお菓子みたいに、食べたら死ぬ。わかっているのに何度もほだされて、少ししたらまた浮気をされて、もうほとほと疲れて逃げ出したのだ。思い出すと涙も引いてきた。

「甘やかしてくれるなら、お前は誰でもいいんだろうが」

そう言うと、諏訪は「うーん」とうなった。

「なんだかんだ言って、マヤちゃんが一番俺を甘やかしてくれるから」

全く悪びれない、甘くて冷たい諏訪の言葉。

「開き直んな」

「でも、好きなのはほんとだし」

うなじにくちづけられ、ぞくりと肌が甘く粟立った。これはやばい。いくら高良とこじれているからといって、ここで流されたらさすがに最低だ。身体をひねって離れようとしたときチャイムが鳴り、真山はびくっと身体をすくめた。

「誰だ、こんな夜中に」

諏訪が怪訝《けげん》そうに振り返る。真山の鼓動は一気に速まった。こんな時間に訪ねてくるのは高良しかいない。台所の小窓はマンションの廊下側に向かっている。あかりがついているのは見えているだろうし、居留守は使えない。そうしているうちにまたチャイムが鳴った。

「もしかして、男?」

諏訪がうかがうように真山を見る。憮然《ぶぜん》としていると、あちゃーと額に手を当てる。諏訪は音を立てないようにそろそろと玄関へ行き、自分の靴を持ち上げた。

「とりあえずベランダ出とくから、うまく言って帰ってもらえよ」

諏訪は足音を忍ばせてリビングへ行こうとする。真山はそのシャツをつかんだ。

「ここにいろ」

「え?」

諏訪の手から靴を取り上げ、玄関に置き直した。

「え、いきなり修羅場？」

まばたきをする諏訪を無視し、ロックを外して玄関ドアを開けた。

「ごめん、こんな遅くに急にきて」

やはり高良だった。話しながら中に入ってこようとして、高良は動きを止めた。真山の後ろに立っている諏訪を見て、一瞬で顔を強張らせる。先に反応したのは諏訪だった。

「あれ、高良？　どうしたんだよ、こんな夜中に」

「……お前こそ、こんな時間になんでマヤちゃん先輩の部屋にいるんだ」

「なんでって、そりゃあ俺らは積もる話も――」

途中、諏訪は「あ」と呟いた。恐る恐るという風に真山を見る。

「もしかして、今、高良と？」

真山は目を逸らしたまま答えなかった。

「あー……、そっか、そうだったか」

諏訪は合点がいったように何度もうなずき、高良と向きあった。

「あのな高良、俺らは――」

いきなり高良が諏訪の胸ぐらをつかみ上げた。

空気に緊張が走り、しかし諏訪は曖昧《あいまい》な笑顔を崩さない。

「……本気なのか？」

低い声での問いに、諏訪が「なにが？」と問い返す。

「本気でマヤちゃん先輩のこと好きなのか?」

「って、聞かれてもなあ」

諏訪は胸ぐらをつかまれたまま、両手の平を上に向けて肩をすくめた。

ふざけた態度に高良が表情を険しくさせる。不穏な気配に、真山は慌てて割って入った。

「悪いけど、今夜は帰ってくれ」

高良の目を見て言った。

高良は真っ直ぐな目で見つめ返してくる。

視線が突き刺さって痛い。今すぐこの場から走って逃げ出したい。

一秒、二秒、短いにらみ合いが過ぎたあと高良はゆっくりと諏訪の襟《えり》を放した。うつむきがちに踵《きびす》を返し、黙ってドアを開けて出ていく。廊下を歩いていく足音は、だんだん小さくなって消えてしまった。

「……なんか、後味悪くねえ?」

真山はのろのろと諏訪を見た。

「悪い。嫌な役させたな」

真山はリビングに戻り、すっかりぬるくなったビールを飲んだ。

さっきの高良の目が胸に焼きついている。

でも、これでよかったのだ。高良とは中途半端にズルズルしたくない。泥沼になる前にケリをつけられた。自分は少しは成長したのだ。したのだと思う。多分、恐らく、きっと。

——なのに、なんでこんな……。

台所の方から、じゅうっとなにかが焼ける音がした。首だけそっちへ向けると、諏訪が作りかけだった玉子焼きを焼いていた。器用に菜箸《さいばし》を使って卵をひっくり返している。しばらくすると、湯気の立つ玉子焼きの皿が目の前に置かれた。

「ほら、これでも食って元気だして」

食欲などないが、とりあえず一口食べた。

「うまい？」

「焼きすぎで固い」

「ここはお世辞でもうまいって言うとこでしょ」

「うまい」

「そんなまずそうな顔で言われても」

「お前だって、俺の作った飯にいちいちうまいとか言わなかったろうが」

「そうだっけ」

そうだった。毎日毎日当然みたいな顔で人が作った飯を食いやがって。麻婆豆腐《マーボー》が食いたいというさいから作ってやったのに、「これは違う」と一口目で文句を言いやがった。麻婆豆腐は四川《しせん》料理なんだからもっと辛くしろだの、山椒《さんしょう》も全然きいてないだの。

「なにそれ、ひでえね」

諏訪がおかしそうに笑う。

「お前だ。だいたいお前はほしがるばっかで相手への感謝が——」

諏訪を責めながら、諏訪の肩越し、壁にかけられているシャツにふと目が留まった。急に黙り込んでしまった真山の視線を追って、諏訪が振り向く。

「シャツ？　あれがどしたの」

「別に」

「別にってことはないだろう。すげえ見てたじゃん」

「別に。前に高良にもらったやつだなと思って」

「へえ、高良にしちゃセンスいいな」

「雑誌見て、俺がいいなって言ったのを覚えてて買ってくれたんだ」

「ひゃあ、愛だね。なんか俺そういうの恥ずかしいわ」

諏訪がおどけて笑う。

「なんだったの。誕生日とかそういうの？」

「……別に」

たいした理由じゃなかった。店で出す料理の味付けを和風に変えてくれたからとか、掃除とか洗濯とか、真山自身気にもしていなかった小さいことへの礼だと言った。今までそんなことで感謝されたことがなかったので、すごく嬉しかった。

ぼんやりシャツを見つめるうちに、胸に冷たい風が吹き込んできた。後悔がすごい勢いで押し寄せてきて、真山の喉をグイグイ締めあげる。

自分から切ったのに――。

わかっている。口では聞き分けのいいことを言っていて、実は全然納得も覚悟もしていなかったのだ。結婚などしてほしくないし、ずっと一緒にいたかった。でもそう言えず、自分のプライドごと高良を切った。馬鹿だ。けれど正直に気持ちを打ち明ければどうにかなると思うほど子供でもなく、一体どうすればよかったのかとだんだん腹が立ってくる。

沈黙が漂って、諏訪が煙草に火をつけるカチリという音が聞こえた。

「そんな好きだったのに、なんであんな誤解させるようなことしたんだよ」

「結婚するかもしれない男と、続けられねえだろうが」

声は情けないほどかすれてひしゃげていた。

「まだ決まってないんだろ」

「いつかはする」

うーんと諏訪は天井を見上げた。

「高良の立場ならしかたないな。開業医の跡継ぎだし。けどそんなの最初からわかってたことだろう。大人なんだし、そこは割り切ってやったら？　嫁と恋人は別だって」

「あいつとは、そういうのはしたくない」

待ち時間が気持ちを削っていくのは知っている。薄く薄く削れて、最後はナイフみたいになった心で相手を傷つけて終わるのだ。高良とはそんな風になりたくなかった。

「それ、逆にめちゃくちゃ好きってことじゃん」

「知らねえよ」

高校生のころから、高良は近くて遠い存在だった。医者の息子で、優等生で、四角四面でお堅いところもあるけれど、真っ直ぐで、心根に卑しいところがない男だった。同じ制服のはずなのに、高良のシャツは触れたら指が切れそうに白く、詰められそうで詰められない距離感は今も変わらない。うつむいていると、諏訪は溜息をついた。

「ま、昔からマヤちゃんは高良のことが好きだったしな」

「……は？」

思わず顔を上げた。

「俺といてもよく高良の話してただろ。高良といるとホッとするとか」

そうだったろうか。覚えていない。

「意識してなかったんだろうけど、よく言ってたよ。だから俺、なんかいっつも高良にはマヤちゃん取られそうでヒヤヒヤしてたんだよなあ」

「……」

「今から思うと、最悪な牽制《けんせい》もかけたし」

「牽制？」

「ペンションでのバイトのとき、俺らがしてるとこ、わざと高良に見せつけた」

一瞬意味を捉えかねたが、理解してカッと顔が熱くなった。

「昼の休憩のとき、高良だけ手伝いにかり出されたことがあっただろう。あのとき、途中から高良が帰ってきてることに気づいてたけど、つか、気づいたからわざと強引にした。あいつに見せつけてやるって、やたら張り切った覚えがある」

青かったよなあと諏訪は笑うが、真山は嫌な汗が出た。あの夏のことは覚えている。クーラーもろくについていない暑い部屋で、後ろから諏訪に抱かれた。汗だくで、うるさいくらい蟬《せみ》が鳴いていた。知らなかった。自分はどんな顔をしていたんだろう。どんな声を上げていたんだろう。みっともない姿を想像して、昔のことなのに焦りまくった。

「あの夏はさあ、なんか色々濃かったよな」

諏訪がなにもない宙を見て笑う。

「友達同士で、恋人同士で、片想いで、浮気相手の女まで追いかけてきて、ぐっちゃぐっちゃなのに言うほどドロドロしてなくて、若さの軽さってやつだったのかな。なんつうか青春の一ページって感じだよ。マヤちゃんと高良の岩場でのキスとかも」

思わず目を見開いた。

「見てたのか?」

諏訪はにっと笑う。目がおもしろがっている。

「つきあってたとき、お前、そんなこと一度も言わなかったじゃねえか」

「んー。本当だ。なんでだろう。やっと時効になったしかな」

諏訪は天井を見上げて笑い、短くなった煙草を水を張った空き缶に落とした。じゅっとかすかな音がする。そのまま、珍しく会話が途切れた。

「本気で高良と別れんの?」

真山は聞こえないフリをした。


諏訪が帰る日の夕方、真山は店の下準備をしてから駅へ見送りに行った。待ち合わせをしていたので、ふたりで駅ビルのカフェで早めの夕飯を食べ、諏訪は土産でも買うかと駅の売店で箱入りのしょうもない饅頭《まんじゅう》をひとつ買った。

「誰にやるんだよ」

「さあ、誰にやろうかな」

饅頭の入ったビニール袋を目の高さにまで持ち上げる。

「『ゴハン作ってよ』ちゃんか」

「あいつはないな」

「じゃあ、実家まで追いかけてきたストーカー男」

「あいつにやったら一生つきまとわれそうだしなあ」

「饅頭一箱でか」

「俺が切った爪とかの方が喜びそうだけどね」

「こえーよ」

諏訪は肩を揺すって笑った。ふっと会話が途切れる。

「高良とはなんか話した？」

ホームに上がり、灰皿のある端までぶらぶら歩きながら諏訪が聞いてくる。

「話してない」

「なんで話さないの」

「なにを話していいかわからない」

「考えすぎるからだ。あんま色々先回りして考えないで、自分の言いたいことパーッと言っちゃえばいいよ。俺は悲しい、俺はさびしい、俺のそばにいてくれって」

「アホなお前みたいにか」

「そうそう、アホな俺みたいに——っておいおい」

ノリツッコミをして諏訪が一人で笑う。

「ま、言いたいことは言えばいいんじゃね。そっちの方が楽だ」

「楽なのはお前だけで、相手は楽じゃないだろ。それは相手に背負わせてるだけだ」

「かもね。だから俺はひとりだろう。それなりに報いは受けてるからいいんだよ」

「なんだそりゃ。言いたいこと言っても、結局ひとりでさびしいままかよ」

「そうだよ」

諏訪は空を見上げて目を細めた。真山もつられて空を見る。秋で、青い。

「けどマヤちゃんだって、このままなにも言わなかったら高良とも破局してひとりだろ。同じならもう言っちまえよ。もしかしたら、なにか変わるかもしんないし」

「もっとひどくなるかもしれない」

「言ってみないとわかんないよ」

その通りだ。でも、考えすぎると口に出せなくなることが増えていく。自分の言い分と相手の言い分と、どちらかだけが悪いなんてことは滅多になく、それぞれの立場に立つと、それぞれの言い分は正しく、いつもそこでなにも言えなくなってしまう。

「マヤちゃんはもっとワガママになった方がいい」

「お前にだけは言われたくねえな」

「だろうね。でも、マヤちゃんはもっとワガママになった方がいい」

諏訪は同じ言葉を繰り返した。黙っていると、「あ」と諏訪が呟いた。

「おーい、高良！」

諏訪が声をかけ、真山はどきっとした。見ると、階段から上がってきた高良がホームを見回しているところだった。こっちこっちと諏訪が手を上げるのと、高良がこちらに気づいたのは同時だった。真山はとっさに目を逸らした。

「よう、忙しいとこ見送りご苦労さん」

「誰が見送りだ。言いたいことがあってきただけだ」

「俺に？」

「マヤちゃん先輩にだ」

ひやりとした。なにを言われるのか。別れ際のどうしようもない罵《のの》り合いを、高良とだけはしたくない。うつむきがちに言葉を待っていると、高良はこちらに向きあった。

「高校生のとき、なにも言えないまま別れて後悔したから、今度はちゃんと言う。俺はずっとマヤちゃん先輩が好きだった。すごくすごく好きだった。この先、誰と恋をしても好きなままだ。だから、俺とじゃなくてもいいから、幸せでいてほしい」

「……え？」

真山はぽかんとした。

「駄目だと思ったら、我慢せずにさっさと戻っておいで」

返事もできず、真山はまばたきを繰り返した。

「昔から言いたいこと言わないで、自分で自分を追いつめるようなところあっただろう。そういうマヤちゃん先輩が俺は好きで、でもずっと歯がゆかった」

「高良――」

茫然としている真山に、高良は小さくほほえんだ。

「諏訪についていくならそれでもいいよ。でも苦しい思いしてまでがんばらなくてもいい。俺はずっとここにいるから、なにかあったら戻っといで。諏訪はいいやつだけど恋愛に関してはスカだから、こんなやつのために自分の時間や気持ちをすり減らしちゃだめだ」

話しながら、高良が手を伸ばしてきた。

子供にするように、風で乱れた真山の前髪を直してくれる。

「……高良」

言葉が出てこなかった。

黙って見つめていると、諏訪が横から口を挟んできた。

「おい、どさくさに紛れて、なに俺の悪口言ってんだ」

高良は諏訪をにらみつけた。

「お前、今度マヤちゃん先輩泣かしたらぶち殺すからな」

本気の目力に、諏訪が気圧《けお》されたように顎を引いた。

「医者がぶち殺すとか言う？」

高良はふんと荒い鼻息を返した。諏訪がやれやれと肩を竦める。

「あーあ、高良も年取ったわりに、中身は昔と変わらねえな」

「お前にだけは言われたくないよ」

「あ、それさっきマヤちゃんにも言われたわ。お前らホント気が合うな」

諏訪はハハッと声を出して笑い、駅の向こうに広がる街並みへと目を向けた。

「なんかなあ、この街もなあ」

ポケットから煙草を取り出して火をつける。

「こんなド田舎、ほとんど変わってないと思ってたのに、こうして見ると案外ちょこちょこ変わってんのな。ほら、あんな派手なビルとか昔はなかったし」

「当たり前だ。お前が引っ越してから十年以上経ってるんだぞ」

高良も同じ景色を見る。

「だよな。全部変わってくんだよな。けどさ、お前らが変わってなくてよかったわ」

高良が意味がわからなそうに首をかしげる。

「安心すんだろ。ひとつくらい変わんないもんがあると」

諏訪はにっと笑った。そしてふいにこちらを向いた。

「なあ、マヤちゃん」

「なんだよ」

「ずっと泣かせてばっかで、大事にしてあげらんなくて、ごめんね」

「……は?」

思わず問い返した。

「なに急に恥ずかしいこと言ってんだ」

「いやあ、高良が恥ずかしいこと言ってくれたんで、俺も便乗しようと思って。なんだかんだいって、つきあった期間マヤちゃんが一番長かったし、一番世話になったし、つまり一番泣かしたんだよなあ。だから一回くらいちゃんと謝っとこうと思って」

諏訪はごめんなさいと冗談ぽく頭を下げた。

「マヤちゃん、俺の代わりに高良に大事にしてもらいなね。高良はいいよ。あんた年のわりに純なとこあるけど、高良ならそういうの込みで大事にしてくれるから」

笑いながら言う諏訪に、高良がみるみる表情を険しくさせていく。

「お前なに言ってんだ。マヤちゃん先輩はお前のこと——」

「ねえよ」

諏訪はあっさり言った。

「俺とマヤちゃんはもうとうの昔に切れてんの。あ、こないだの夜もなんもしてねえからな。酒飲んで思い出話しただけ。だいたいお前が見合いなんかするから悪いんだろうが」

「見合い？」

高良が眉をひそめたとき、電車到着のアナウンスがホームに流れた。

「あー、時間切れか」

呟き、諏訪は高良の肩をポンポンと叩《たた》いた。

「まあそういうことだから、あとはふたりで話し合えよ」

電車がゆっくりホームに入ってくる。それを見ながら、「そうだ」と思い出したように諏訪は持っていた饅頭の袋を高良に押しつけた。

「やるわ。ノリで買ったけど、やっぱ俺には土産やるやつなんていねえし」

じゃあと踵を返す諏訪を、高良が「待てよ」と引き止めた。

「なんだよ。まじでマヤちゃんとはなんもねえって」

諏訪が面倒くさそうに振り返る。

「そうじゃない。俺は、お前にも言うことがあるんだ」

「なに、もう電車きてっから早くしろ」

「高校生のころ、なにも知らなくてごめん」

「……は？」

諏訪が首をかしげた。

停車した電車に急《せ》き立てられ、高良が早口で言う。

「高校生のころ、お前の気持ちとか、考えてることとか、なにもわかろうとしないで上から目線で責めてばっかりだった。俺はとんでもなく嫌なやつだった。悪かった」

「……なんだよ、そんな昔のこと」

諏訪は笑おうとして、けれど失敗して顔を不自然にゆがめた。

「お前が引っ越したあと、親から聞いて知ったんだ。謝りたくて、電話しようと思って、でもなんて言っていいかわからなかった。そのうち連絡が途切れて、ずっと後悔してた」

「……は」

短く息を吐き、諏訪は困ったように髪をかき回した。

「……ほんと、変わってねえ」

ぼそっと呟き、ゆっくり顔を笑いの形に持っていく。見慣れたさびしい笑顔。人の気持ちを引き寄せるために技として使いまくったせいで、多分もう諏訪自身にすら本心なのか演技なのかわからないはずだ。

諏訪の後ろで電車のドアが開いた。乗客が降りてきて、ドアの前で突っ立っている諏訪にぶつかった。諏訪は我に返って踵を返した。黙って電車に乗り込んでいく。

「諏訪、なにかあったら電話しろよ」

諏訪はなにも答えない。曖昧に笑ってこちらを見ている。

「また帰ってこいな。そしたら三人で飲もう、昔みたいに」

高良が話している途中、ドアが閉まった。

ゴトンと一度大きく揺れる。それからゆっくり動き出す。

電車の窓越し、諏訪は小さく手を振った。そしてすぐ顔を反対側に向けた。それきりもうこちらを見ることはなく、電車は速度を上げて遠ざかっていった。

車体がゆるいカーブを描き、視界から消えていくのを高良と並んで見送った。どんなに笑っていても、さびしい印象がぬぐえない男だった。さびしさが徒《あだ》になって、誰とも深く縁を結べない。一瞬追いかけたい衝動に駆られ、けれどそれは一瞬で、ホームに吹きこんだ風に目を閉じて、開けたときには消えていた。しばらくふたりでホームに立ち尽くした。

「本当に、ついて行かなくてよかったの」

レールの先を見つめたまま、高良が問う。

「ああ」

真山も同じ方向を見ながら答えた。

「好きだったんだろう?」

「昔な」

少し沈黙が落ちた。

「帰ろうぜ」

真山はさばさばした笑顔を浮かべ、さっさと階段の方へ引き返した。車なので店まで送るよと高良が言い、素直に甘えることにした。駅の近くのコインパーキングへと歩きながら沈黙が続く。お互い聞きたいことがある。でもどこから手をつけていいか迷っている。

「聞いていい?」

口火を切ったのは高良だった。

「なに」

「見合いって、なにかな」

予想外の質問だった。

「俺に聞くのか?」

高良は難しい顔でなにもない宙を見た。

「心当たりとしては、静佳さんしかいないんだけど」

「知ってんじゃねえか」

むっとした言い方になった。

「でも、あれは食事をしただけだし」

「お前の親が見合いだって言ってたぞ」

「えっ？」

高良がぎょっとしたので、真山まで驚いた。

「うちの親が言ったの？　見合いだって？」

立ち止まって見つめ合ったあと、高良は「あー……」と額に手を当てた。

「なんか変だなあと思ってたんだ。静佳さんを送ってあげろ、見舞いの礼も兼ねて一緒に昼飯でも食ってこいって、あの日はやたら父さんと母さんがうるさくて」

高良はしょっぱい顔でぼやき、すぐに真山に向きあった。

「ごめん、それは怒って当然だ。すごく嫌な思いさせた。本当にごめん」

高良が頭を下げる。

「いや、俺も勝手に誤解して……」

じわじわと首筋が熱くなっていく。一言本人に聞けばよかったのに、ひとりで考え込んで思い切り空回りをしていた。自分の行動を振り返ると嫌な汗が出てくる。

「マヤちゃん先輩は悪くない。それでなくても俺たちみたいなのは結婚問題にはナーバスになるもんだし……。それに、俺も諏訪のことではひとりでモヤモヤしてたし」

そういえば、高良はなぜ電話の件で嘘をついたことを聞いてこなかったのか。

「昔の話だから今は気にしてないつもりだったけど、マヤちゃん先輩と向きあうと、俺は本当に駄目だ。駄目駄目だ。情けないくらい簡単にあのころに引き戻される」

高良は肩を落として溜息をついた。

「諏訪とふたりで父さんの病室にいるの見たときは、正直目の前が真っ暗になった。諏訪からの電話を友達だってごまかされたのもダブルパンチだったし、どうなってるんだって聞きたいのに聞けなくて、あの日の夕飯はほとんど上の空だった」

「聞けばよかったじゃねえか」

自分のことは棚上げで、思わずそんなことを言ってしまった。

「聞けないよ」

「なんで」

「怖いから」

「なにが」

「諏訪が出てきたら、俺なんかどうしたって霞《かす》んで見える」

真山はまばたきをした。

「なに、馬鹿なこと――」

「馬鹿じゃない。俺は高校時代リアルタイムでふたりを見てたから、マヤちゃん先輩がどれだけあいつのこと好きだったか知ってる。だから、俺がどんなに努力したって簡単にさらわれそうで怖かった。せめて電話の一本や二本でやいやい責め立てるような、心の狭い男だと思われないようにしようって決めたけど、でも、あのときはもう駄目だと思った」

「あのとき？」

「見舞いの日の夜だよ。店に行ったら真面目な顔で話があるって言われて、ああ、これはもう絶対別れ話をされるんだなって、あのとき俺は九割覚悟を決めた」

「あ、あのときは……」

あのとき、真山は真山で見合いのことを高良が話してくれるのを待っていた。つまり、結局お互い相手を探り合い、お互い相手の態度にモヤモヤしていたということか。そんな不安定な中、とどめが先日の夜だった。真夜中に訪ねた真山の部屋には諏訪がいた。

「覚悟してたけど、あのあとやけ酒飲みに行ったよ。同じ人に二度もふられた。それも同じやつに持っていかれたなんて、俺はどこまでおめでたい男なんだって」

翌日、高良は助手の女の子たちに酒くさいと嫌がられた。助手はともかく、患者に酒くさい息を吹きかけるわけにもいかず消臭タブレットを大量に飲んだが、今度は猛烈な吐き気に襲われ、「若先生、顔青いよ」と逆に患者から心配されたのだという。

「悪かった。俺のせいで……」

バツが悪すぎて、うつむきがちにもごもごと謝った。

「いや、マヤちゃん先輩のせいじゃないから」

そうだろうか。疑問が湧《わ》き、高良もそう思ったのか、おかしな沈黙が落ちた。

「……まあ、なんていうか、色々誤解だとわかってホッとしました」

照れ隠しの敬語で締めくくり、高良は逃げるようにコインパーキングの自動支払機に走っていった。その背中を眺めながら、自分の中になにか抑えがたいものがふくれあがっていくのを感じた。苦しいのに、綿菓子みたいに甘いなにか。

「ひとつだけ、聞いてもいい?」

助手席に乗り込むと、高良が聞いてきた。

「なんだ」

「俺の見合いの話、そんなに悩んでくれたの？」

一瞬で頬が熱を持つ。いつもなら照れ隠しにごまかす場面だが――。

「泣くほど悩んだ」

真山は目を逸らさずに告げた。

「泣いたの？」

高良が目を見開く。

「泣いた。夜中にだし巻き焼きながら」

「だし巻？」

きっとわからないだろう。自分にだってわからない。あのときのことを思うと笑えてくるし、なのにやっぱり泣きたい気分になる。

「高良」

「ん？」

なにか言いたい。でも言葉よりも先に走りだす気持ちがある。

高良の首に腕を回し、強引に引き寄せてキスをした。車中とはいえ昼間のパーキングで、誰に見られるかわからない。それでも今すぐキスしたかった。好きで、好きで、好きで、たまらない気持ちがある。ごまかしたり出し惜しんだりする余裕など、もう欠片《かけら》もない。

「……お前が好きだ。すごく好きだ。誰よりも好きだ」

唇を触れ合わせたまま告げた。

「ずっと、俺のそばにいてほしい」

ずっと言いたくて、でも言えなかった言葉が、驚くほど素直にこぼれ落ちた。

息がかかるほどの距離で視線が絡み、次の瞬間、強く抱きすくめられた。

唇を合わせるたび、身体の内側に熱がこもっていく。

「……どうしよう、離れたくない」

熱っぽい訴え。気持ちは真山も同じだ。

「マヤちゃん先輩、もう今日は仕事休んで。ふたりでずっとこうしてよう」

驚いた。真面目な高良の言葉とは思えない。

なのに、たまらないほど愛しい。

「ガキか」

「戻りたいよ。子供のころに。そんで仕事なんか投げ出すんだ」

らしくない乱暴な口調に愛しさが込み上げて、息苦しいほどだった。

ほしい気持ちはちっとも薄まらない。でも自分たちは大人で、やるべきことがあり、心のままに動くことはもうできない。どれだけ成長していないと思っても、やっぱり時間は流れている。

しばらく抱き合ったあと、ゆっくりと高良が身体を離した。

「店まで送るよ」

内側の熱を逃がすように、高良は深呼吸に似た溜息をついた。


その夜はひどく忙しかった。カウンターすら全てふさがり、十一時過ぎに高良がきたときも席がなく、空くまで別の店で待ってもらったくらいだった。

オーダーは途切れなく、ろくに挨拶もかわせない。たまに視線だけを飛ばすと、高良は『がんばって』と口の形だけで伝えてほほえんでくれる。嬉しく、それ以上に仕事よ早く終われと祈った。祈るほどに時計の針は遅くなるとわかっていたが――。

閉店時間を過ぎてもだらだらと居座る客がいたので、三十分をオーバーしたところで丁重にお帰り願った。バイトたちとサクサク片づけをすませ、ようやく解放されたのは二時も過ぎたころで、高良はひとりでワインを赤白二本も空けていた。

「……酔った」

夜道を歩きながら、高良が吐息混じりに呟く。目がとろんとしていて、家に着いたらすぐに寝てしまいそうだ。

「飯もほとんど食べずに、ワインばっかあんなに飲むからだ」

「色々考えてたら、つい」

「色々?」

高良はこちらを向き、赤ら顔でへらへらっと笑った。鼻の下が伸びているので、いやらしいことを考えていたのだとわかる。

「ばーか」

真山は唇を尖らせ、しかししっかりと高良と手をつないだ。高良も強くにぎり返し、さらに指をからめてくる。視線を交わし、小さく笑い合う。指先で手の平を引っかかれる。くすぐったくてまた笑う。手でじゃれあっているうちに身体の内側にぽっと火がともる。部屋についたときは気が急いて、小さな穴に鍵を差すのに手間取った。

後ろ手で玄関を閉めるなり、抱き合ってキスをした。唇を合わせながら蹴っ飛ばすように靴を脱ぐ。電気もつけていない。暗い部屋で、弾んだ息がやたらと大きく聞こえる。キスをしながらずるずると寝室に引きずって行かれそうになり、真山は待ったをかけた。

「先に、風呂」

ああと面倒そうに高良が呟いた。

いつも穏やかな男が今夜は荒っぽい。それすら興奮に拍車をかける。脱衣所で服を脱がされ、露《あら》わになった肌にくちづけられる。下着を下ろされたときには、性器は完全に勃《た》っていた。先端に浮かぶ期待の蜜を丁寧に舐《な》め取られる。焦らすような愛撫《あいぶ》に煽《あお》られ、熱が一気に全身に回った。

狭い風呂場で密着しながらシャワーを浴びていると、背後から足を片方だけ持ち上げられて浴槽の縁に置かれた。恥ずかしさに抗っても離してもらえない。

「……っん」

後ろに指が入ってくる。内側をほぐしながら性器をやんわりとこすられ、たまらない熱に腰全体が疼く。指遣いに合わせて、子犬みたいに甘えた鼻息が漏れてしまう。

徐々に指を増やされ、弱い場所ばかりを責められる。水音に紛れて、くちゅくちゅといやらしい音が立つ。前と後ろ、両方から溢《あふ》れ出す刺激に、奥歯を嚙みしめても声が漏れてしまう。膨らむばかりの快感を我慢するのももうつらい。

「……も、いく」

「まだ駄目だよ」

きつい責めから一転、やんわりとなでさするような動きに変わる。刺激が弱まった分、じんわりと熾火《おきび》のように続く快感に昂《たか》ぶった性器が余計に解放を訴える。

「もう、いきたい、いかせ……あっ」

耳たぶを吸われて、軽くのけぞった。

「じゃあ、風呂からあがったあとは俺の好きにさせてくれる？」

中を探る指の動きが再び力強くなり、喉奥から引きつった声がもれた。

「……い、いい、好きにして、いいから」

指の先まで快感に支配され、震えながら何度もうなずいた。

ベッドに這わされ、腰だけを高く浮かされた体勢で、さっきからずっと指で背後を嬲《なぶ》られている。力が入らず腰が落ちるたび、叱《しか》るように弱い場所を突き上げられる。

「……いや、も……」

「好きにしていいって言っただろう？」

わずかに意地悪な色を帯びた声音。内腿に手が添えられ、ぐっと大きく開かされた。内側がヒクンとすぼまって、高良の指を悦ぶように締めつける。

「んっ、あ、ああ……っ」

指の動きに合わせて、いじられている場所が卑猥《ひわい》な水音を立てる。

好きにしていいなんて言ったことを、真山はひどく後悔した。

風呂のあと、ベッドですでに二度もつながっているのだ。そのあと、まさかこれほど執拗《しつよう》な責めが待っているとは思わなかった。散々快感を注がれて蕩《とろ》けている中を指でかき回され、為す術《すべ》もなく身もだえるしかできない。これ以上されたらおかしくなってしまいそうだ。

「もう……、いやだ」

途切れ途切れに訴えると、ようやく指が抜かれた。ホッとして、けれど指を咥《くわ》え込んでいた場所はじんじんと熱く疼いたまま冷める気配もない。

熱っぽい息を継いでいると、大きな手で尻をつかまれ左右に開かれた。くぷりと口を開けた場所から、何度も注ぎこまれた精液がたらりと流れ落ち、内腿を伝っていく。どんな淫《みだ》らな光景が高良の目に映っているのか。恥ずかしくてたまらない中、後ろに逞《たくま》しく張ったものをあてがわれた。

「……ん、んうっ」

先走りでぬめる先端で、すぼまりの上で円を描かれる。これをまた入れられる。嫌というほどかき回されて、奥まで突きあげられる。思い出しただけで腰の奥がずくりと疼いた。

「いや、も……入れるな……」

シーツに這った姿勢のまま、思わず身体が上へ逃げていく。けれど腰をつかまれる。首を横に振って拒否を伝えたが、熱い昂ぶりはゆっくりと圧を増していく。

「……っあ、あ、あ」

狭い場所をこじあけて、熱く猛った肉の塊が入ってくる。二度も受けいれたあとなので痛みはない。とろとろに潤んだ中が、高良の性器の形のままに拓かれていく。

シーツをつかんで耐えながら、じりじりと最奥まで受け入れた。潤みきった内側は高良自身にからみついて、ねだるように収縮を繰り返している。自分の身体なのに抑制がきかない。こんなまま行為がはじまったら、どうなってしまうんだろう。

律動がはじまった。さすがに真山の負担を考えて、動きはゆるやかなものだった。なのに頭の芯まで焼けつくような快感に浸される。しっかりと咥え込まされたまま腰を回されると、気持ちよすぎて背中がのけぞった。

「あ、ああ、……ひっ」

前に回された手が、やんわりと性器をにぎりこんでくる。じらすような速度で後ろを突かれながら、たらたらと蜜をたらしっぱなしの鈴口を指先でつつくようにえぐられる。

「っや、……さわ、るな……っ」

たまらず腰を揺らすと、手は性器から離れ、脇腹を辿《たど》って胸に辿り着いた。尖りきった先をつままれると、弱い電流を流されたような刺激が走る。びくんと腰が跳ねた。

「今、奥がぎゅってした」

指の腹でこりこりとこすり合わせられ、すすり泣いているような声がもれた。乳首をいじられると、高良を呑み込んでいる場所がうごめきながら締め付けをきつくする。もっと、もっとしてほしいと身体が勝手に訴えてしまう。

「いや、だ、も、おか、しくな……っ」

火にあぶられた蠟燭《ろうそく》みたいに、肌の表面がトロトロととけていくみたいだった。

気持ちよくて、気持ちよくて、死んでしまいそうで、怖くて、もうやめてほしい。

「……抜いてくれ……、頼むから、もう抜いて……」

「本当に嫌？」

高良が動きを止めた。つながったまま背中に覆いかぶさってくる。

「本当に嫌なら、やめる」

耳元でささやくから、それだけで背筋が甘く震える。唇をきつく噛みしめると、高良がそろそろと腰を引いていく。そのまま本当に抜いてしまうのかと思ったとき、浅い場所で小刻みに揺すられて頭が真っ白になった。

「っひ、あっ、あっ、あ……っ」

一番敏感な場所への責めに、きつくつぶった目から涙がこぼれた。

「本当にやめてほしい？」

「っや、……あ、やめ、るな」

「いいの？」

「いい、……もっと、奥まで……んんっ」

いきなり揺れが激しさを増した。深い楔《くさび》を打ち込まれるたび視界も揺れる。疼いてたまらなかった場所を思うさまかき回されて、待ち望んでいた高みがみるみるやってくる。

「っん、うっ、あ、あぁっ、あ……っ」

先端から蜜が吹きこぼれるたび、内側がめちゃくちゃに高良を締めつける。

ふいに高良が息を詰めた。腹の奥に熱いものを流し込まれる感覚に全身がガクガク痙攣《けいれん》する。放出が終わると、それをさらに塗りこめるように奥を突かれてのけぞった。

「や、……っだ、それ、やめ……っ」

達した直後の身体を、再び高みへ押し上げられる。波のように迫る小さな絶頂に抗えず、性器の先端からたらたらと微量の蜜をこぼして糸を引く。もう声すら出せない。

身もだえする真山の上に、高良が覆いかぶさってくる。

「好きだった、ずっと、ずっと好きだった」

熱にうなされたようなささやき。

耳たぶをきつく噛まれ、鋭い痛みが走る。

でも甘い――。

泣きたいくらいの喜びが身体中に広がっていく。顎をひねられ、苦しい体勢でキスをした。酸素が足りない。でももっと高良がほしい。くちづけながら、何度も意識が飛びかけた。

翌日は祝日で、医院は休みなので、真山の仕事がはじまる午後まで一緒に過ごすことができた。

ふたりでダラダラとベッドでじゃれあっているうちに朝は過ぎ、昼前にさすがに腹がへって外に出た。高く澄んだ秋の空が、視界一面に広がっている。

駅の裏にある蕎麦《そば》屋に入り、食事と一緒に日本酒を頼んだ。仕事前にどうかと思ったが、少しなら大丈夫だよと珍しく甘えてくる高良がかわいかったのだ。

「……昼酒はやっぱ回るなあ」

店を出ると、ひんやりとした風が火照《ほて》った頰に心地よく吹きつける。ふわふわと足取りも軽く、このままどこかに遊びに行きたくなる。

「学生んときなら、絶対このままサボって遊びに行ってたな」

澄んだ空に向かってぼやくと、隣を歩いていた高良が立ち止まった。

「じゃあ、遊びに行こうか」

「え?」

「学生時代に戻って遊ぼうよ」

真山の腕をつかみ、高良は並んでいるタクシーに歩いていく。本当に仕事をサボらせるつもりかと焦ったが、真面目な高良のことなのでそれはないだろう。信用してタクシーに乗り込むと、高良は運転手に自分たちの高校の名前を告げた。

タクシーで十分程度、降りた場所は校門へと続く懐かしい桜並木だった。春になると景色を白くけぶらせる桜の木々は、今は枝の隙間から寒そうに秋の空を透かしている。

「あー……、すげえ懐かしい。陸上部、相変わらずだせえジャージだな」

祝日でも部活があり、グラウンドのトラックを陸上部の生徒が走っている。その内側左をラグビー部が使い、右はサッカー部が使っている。サッカー部のほうに目立つ男子が多いのは変わっていないようだった。裏庭からテニス部のかけ声がする。

「お、野球部。弱いくせに今でもグラウンド一個独占か」

運動部がひしめくグラウンドの向こうに、ネットで区切られた一回り小さなグラウンドがある。野球部専用で、真山がいたころから他の運動部には贔屓《ひいき》だと不評だった。

「でも一昨年は準決まで行ったらしいよ」

「へー、そりゃすごいな。甲子園の土持って帰ってきたのか」

「いや、県内予選の方」

　なんだと拍子抜けした。

　昇降口を通りすぎて、職員用出入り口に向かった。高良がタクシーの中から電話を入れていたので、出入り口横にある事務室の職員からもとがめられなかった。今は色々危ない時代なので、卒業生といえどもふらりと連絡なしには立ち寄れないそうだ。

「……あ、ガッコだ」

　真山は思わず立ち止まった。突き当たりまで見通せる真っ直ぐな廊下。艶《つや》やかに光を反射するリノリウムの床。片側にずらりと並ぶ教室。向かい側の連続した窓から、規則正しい角度で光が差し込んでいる。大人になって見ると新鮮な光景だった。

「ああ、すごく懐かしい」

　隣で高良も目を細めている。

「ここくんの、どれくらいぶり？」

「卒業して以来だよ」

「へえ、ちょくちょくきてんのかと思った」

「そうそう用事ないよ」

「そうだけど、なんか優等生のイメージ的に」

　外来客用の緑色のスリッパをぺたぺた鳴らして廊下を歩く。昔は上靴の踵《かかと》を踏んで歩いていた。似ているようで全く違う感覚。話しながら、高良は職員室へ向かう。

「先生に挨拶でもすんのか？」

めんどくせえという気持ちが透けていたのか、高良は違うよと笑った。

「鍵を取りに行くんだよ。屋上の」

「お、それいいな。あそこどうなってんだろ。昔と変わってねえかな」

いきなりワクワクしてきた。しかし屋上の鍵を得るためには挨拶は避けて通れなかった。

失礼しますと中に入ると、私服姿の自分たちに、職員室の奥に座っている初老の教師がじろりとにらみをきかせてきた。とりあえず会釈すると、教師は「ん？」と眉を寄せた。

「真山……か？」

驚いた。名前を覚えられているなら、てっきり優等生の高良の方だろうと思ったが、教師は真っ直ぐ自分を見てこちらへやってくる。その突進具合にふと思い出した。

「あ……、新田《にった》！」

思わず指をさすと、「教師を呼び捨てするな」と頭をはたかれた。

そうだ、野球部顧問で生活指導の新田。制服の着方がだらしないとか、髪を染めるなとか、タラタラ歩くなとか、授業をサボるなとか、百万回くらい頭をはたかれた。

「まったくお前は、大人になってもちっとも変わりゃせんな」

「先生も元気そうっすね」

へらっと笑う真山に、そうでもありゃせんと新田は顔をしかめた。三年前から糖尿病が進行しだしてきて、長年勤めていた野球部の顧問を引退する羽目になったと新田は言う。さらにはその翌年、大学出たての新人教師が顧問についた野球部が準決まで進み、自分の立場はなくなったとブツブツ愚痴を聞かされた。

「そっちは高良か。ああ、今は高良先生って呼ばんといかんな。やっぱり医者になったんだってな。うんうん、お前は本当によくできた生徒だった。それに比べて真山は」

また意味なく頭をはたかれた。

「似合わんコンビだが、今日はどうした？」

「特に用事はないんですけど、少し懐かしくなって」

高良が言うと、新田はそうかそうかと嬉しそうにうなずいた。細めた目尻が皺だらけで、変わってないように見えたけど年取ったなあと当たり前のことを思った。

「ちょっと老けたけど元気だったね、新田先生」

職員室を出てから、高良がこそっとささやいた。

「おお、生徒しばいて順調に教頭にまでなりやがって」

新田から屋上の鍵を貸し出してもらい、階段を上がりながら二人は笑い合った。三階まで上がったあたりで息が切れてきた。しかし屋上はこの上の上、五階だ。

「階段、こんなしんどかったか？」

「俺たちも年取ったね」

息を切らして階段を上がり、やっと屋上に辿り着いた。鍵を開け、扉を押し開いたと同時、ぶわっと風がまともに吹きつけて、全身が『あのころ』を思い出した。

「……あ」

視界いっぱいに広がる景色に、言葉が出てこなかった。こんなに狭かったのかという驚きはない。こんな広さだったたし、こんな感じだった。ドアを開けてすぐ上が給水塔なのも、薄緑色の手すりやフェンスも変わっていない。なのに全てが変わってしまったように見える。

「マヤちゃん先輩、いつもあそこでサボってたね」

高良が給水塔を指さす。

「俺のこと、いつも弁当扱いして」

「そうだったか？」

「そうだよ。俺がきたら、弁当がきたって」

そういえばそうだった。高良の母親が作る弁当はおいしくて、諏訪と三人で毎日わけあって食べた。授業をサボったり、笑ったり、高良と諏訪はここで殴り合いの喧嘩もした。

「ここで、お前が大の字にのびてた」

真山は屋上の真ん中あたりで立ち止まった。

「え？」

「諏訪にいじめられて、ボコボコにされてた」

「いじめ……、あれは一応喧嘩だったんだけど」

「そういうことにしといてやるよ」

高良は「どうせ」と唇を尖らせてフェンスの方へ歩いていった。金網をつかみ、向こうに広がる景色を見ている。真山も隣に立ち、同じように金網をつかんだ。

「あれから、十年以上経ったなんて信じられないなあ」

「そうだな」

ひし形の金網の隙間から、ふたりで街の景色を眺めた。

「十年以上経ってるのに、マヤちゃん先輩が隣にいるなんてもっと信じられない」

「そうだな」

真山は小さく笑った。

「諏訪が転校してった日、俺が電話したの覚えてる?」

「覚えてる」

九州なんて遠いところに引っ越して、諏訪を忘れたくて、忘れられなくて、高良がくれる連絡にすらさびしさを呼び覚まされて、なのに声を聞くと不思議とホッとした。

「あの電話、ここからかけたんだよ」

「へえ。ああ、でもそんなこと言ってたっけ」

「あの日、すごくさびしかったな。取り返しのつかない失敗して、大事なもの失くした気がして、色々考えてたはずなんだけど、今はあんまり思い出せない」

「そんなもんだろ、記憶なんて」

「そうだね。でもよかった」

「なにが」

「失くしたのに、またこうして出会えた」

隣を見ると、高良は目を細めていた。

「学生は自由でいいっていうけど、本当にそうかな」

高良が言う。

「今よりあのころの方が自由だったなら、諏訪も、マヤちゃん先輩も、俺も、ずっと一緒にいられたはずだよね。親の都合でバラバラになることもなかった。だから、大人になって出会い直せて本当によかった。今なら、せめて自分がいる場所くらい自分で選べる」

「まあなあ、けど現実はなかなかそうも──」

「だから、俺たち、もう一緒に暮らそう」

一瞬、頭が白紙になった。隣を見上げ、のろのろと首をかしげてみせる。

「俺と、一緒に、暮らそう？」

高良はもう一度、一言一言区切って繰り返した。冗談を言っているようには見えない。

「無理だろ」

素で答えた。

「どうして？」

「人目がある。男同士で同棲なんて、お前んとこの親や患者にばれたら」

自分はともかく、高良には守らなければいけないものがある。

「じゃあ、人目のないとこまで引っ越せばいい」

高良はあっさり言った。

「医院は移動できないけど、住むところは変えられる。隣町じゃまだ危なそうだし、隣の市くらいまで移動しようか。うん、あそこらへん」

高良は西の方角を指さした。あんまり落ち着いているので、逆に真山の方がうろたえてしまう。焦って通勤が大変だろうと本質から逸れたことを言ってしまった。

「そうか。俺は車通勤するから平気だけど、マヤちゃん先輩はつきあい酒もする仕事だから車ってわけにはいかないよな。終電も出てるから電車通勤もできないし」

となるとタクシーか……と呟き、高良は一月のタクシー代を計算しはじめた。

「いや、悪い、俺が言ってるのはそういうことじゃない」

「違う？　じゃあなんだろう。昨日、ずっと一緒にいたいって言ってくれただろう。俺も前から同じこと考えてた。だからもう遠慮しない。マヤちゃん先輩が不安に思うこと、ちゃんと全部俺に教えて？　小さいことでもふたりで話し合おう。もう我慢なんかさせたくないし、馬鹿みたいにすれ違うのも嫌だ。安心して、俺のそばにいてほしい」

真顔でのぞきこまれ、じわじわと耳が赤くなっていく。

「マヤちゃん先輩がいいなら、親にも打ち明けるよ」

真山は息を呑んだ。

「ひとり息子だし、親を安心させてやりたい気持ちはあるよ。でも、その場を治めるためだけの結婚なんて無理がある。これから先、ずっと嘘をついて生きていくのは俺もしんどいよ。だから父さんのリハビリが終わるのを待って、タイミングを見て打ち明けようと思ってる」

驚きすぎて、すぐには言葉が出てこなかった。

「……駄目だ、そんなの」

急に怖くなって、子供みたいに首を横に振った。

「どうして？」

「いざってとき、お前の方が失くすもんが多い」

「でも、今一番失くしたくないのはマヤちゃん先輩だ」

生真面目な表情と声音。高校生のころとは違うのに、輪郭は少しもぼやけずにあのころの高良を力強くなぞっている。屋上を吹き渡る風に髪が散らばり、ところどころ視界をさえぎられる。

「初めて会ったときから、マヤちゃん先輩が好きだった。ずっとずっと好きだった。もうどこにも行ってほしくない。だからもう約束しよう。ずっと俺と一緒にいよう」

頬に優しい手が触れる。高良が顔を寄せてくる。

目を閉じると、唇が触れ合った。ほんのわずかな時間――。

「……見られたんじゃねえか」

フェンス越し、真山はちらっと下を見た。

「見られてもいいよ」

高良もグラウンドを見下ろして小さく笑う。そのとき、耳元を風がかすめていった。ひゅっと切るような鋭い音。今まで忘れていたそれを、その瞬間はっきりと思い出した。授業をサボってひとりで寝ていたとき、ときおり鼓膜をかすめていった音。

もう十八ではないのに、あのころとよく似た胸苦しさが込み上げてくる。時間がすごい速さで巻き戻って、早送りされて、また同じ場所に帰ってきたような不思議な感覚――。

「どうしたの？」

じっと耳を澄ます真山を、高良がのぞきこんでくる。

「さあ、わかんねえ」

笑いたいのか、泣きたいのか、よくわからない。ただ、思いがけず戻ってきたこの場所で、高良とふたり、懐かしい風の音をいつまでも聞いていたかった。

あとがき

このたびは「きみが好きだった」を手に取っていただき、ありがとうございました。

キャラ文庫十五周年記念ということで、いつもより大判の単行本サイズです。私は去年の十一月でやっと文庫デビューから五年が経ったので、その三倍……と思うと気が遠くなりますが、記念すべき企画に参加させていただけたこと、大変光栄に思います。


表題作の「きみが好きだった」は高良《たから》と真山《まやま》が出会った高校生のころの話、そして二部の「ずっと、きみが好きだった」は、年齢を重ねてから出会い直したふたりの話です。

十代の青くさい恋を書くのが大好きなので、高校生編は筆が乗りました。自分の足場もグラグラしているのに他人に手を伸ばさずにいられない。自分をわかってほしい気持ちと、簡単にわかられたくない矛盾した気持ち。攻守のバランスがやたら悪いところが十代は愛しくて、そういう部分をストレートに表現できるのが書き手にとっては楽しかったです。

大人編では、それとは逆の面白さがありました。年を重ねて、ある程度世の中の仕組みもわかって、相手の立場に立って折り合うこともうまくなる。でも内では色々と抱えていて、容易に口に出せないそれがぐるぐる渦巻く様を書けるのが大人編の楽しさでした。あと真山の乙女な内面を書けたことも。口もガラも悪い男の内面が乙女というパターンに私は弱いです。

一部と二部を通して、一貫して子供だったのが諏訪《すわ》でした。彼は見た目の印象に反して三人の中では一番繊細で、ささいなきっかけで笑いながらビルから飛びおりそうなイメージが私の中にはあります。永遠の中二病みたいな諏訪ですが、いつかいい人と巡り会ってほしいな。というか、巡り合う話を書きたいな。しかし。諏訪のような繊細なクズは大好物なのですが、商業BL的に本命攻に据えるのが厳しいのが残念です。いつか叶えたい野望のひとつとして胸に秘めておきます。

そして今回も最後までキャラクターの呼び方をどうするか、悩みました。私は名前の表記にはすごくこだわるようです。男らしい攻にわざと女名をあてるのも好きだし、漢字表記かカタカナ表記か、名字で呼ぶのか下の名前で呼ぶのかあだ名で呼ぶのか、話に合わせて毎回ハゲそうなほど考えます。さらっと名字か下の名前を漢字呼びと決めておけば色々楽なのに……。こだわりって厄介ですが、直せないなら、それもあの人の個性だねと言われるまで頑張ろうと思いました。

最後になりましたが、この本を刊行するにあたり力を貸してくださった挿絵の宝井《たからい》理人《りひと》先生、担当さま、ありがとうございました。そして手に取ってくださった読者のみなさまに最大の感謝を捧げます。お話を介して、わずかでも読者さんとつながれたら嬉しいです。

それでは、また次の本でもお目にかかれますように。

二〇一三年　一月　凪良《なぎら》ゆう

きみが好きだった

著者……………………凪良ゆう

2013年2月28日　初刷

発行者…………………川田 修

発行所…………………株式会社徳間書店
〒105-8055　東京都港区芝大門2-2-1
電話 048-451-5960（販売）　03-5403-4348（編集部）
振替　00140-0-44392

本文印刷………………株式会社廣済堂

製本……………………ナショナル製本協同組合

カバー・口絵印刷……近代美術株式会社

装丁……………………百足屋ユウコ（ムシカゴグラフィクス）

ISBN978-4-19-863563-3